好きだと言って、ご主人様

目次

好きだと言って、ご主人様

第一章　はじめまして、ご主人様

水曜日の朝八時三十分。勤務先の工場に到着した私は歩みを止めた。

なぜか従業員通用口の前に、普段では考えられない程の人が集まっている。

「なに……？」

不思議に思いながら人波をすり抜けドアに近づくと、一枚の紙が貼りつけられていた。そこに書かれていた見出しを見た瞬間、心臓がどくん、と大きく脈打った。

「はっ？」

『倒産による従業員解雇のお知らせ』

——なにこれ。

どういうこと、どういうこと、どういうこと……？

混乱しつつ周囲を窺《うかが》うと、厳しい顔で話し込む従業員たちの姿があちこちに見える。中には幹部社員に詰め寄り、怒号を浴びせる男性社員もいた。それを見つめているうちに、私の脳もようやく状況を呑み込み始める。

倒産、従業員解雇……！

自分の身に起こった状況を理解して、サーッと血の気が引いていく。そんな私の隣に顔見知りの従業員の女性がやってきた。

「おはよう、筧《かけい》さん。もう、びっくりよね……業績が良くないっていう噂は流れてたけど、まさかいきなりこんなことになるなんて。それに社長が有り金持って逃げたらしくて、今月のお給料出ないかもしれないいんですってよ。ありえなくない？」

「えっ、お給料が出ない!?」

呆然としていた私だが、さすがにこれは聞き捨てならない。

「ほ、本当ですか!?　それは困ります!!」

食いつかんばかりの勢いで、隣にいる女性に聞き返した。

「私だって困るわよ。なんか、従業員で集団訴訟起こそうって話が出てるみたいだから、少しでも保証してもらえるといいけど……」

やるせなさそうにそう言って、女性が重いため息をつく。

倒産だけでもショックなのに、さらに追い打ちをかける事実に私は完全に言葉を失った。

——筧沙彩《さあや》、二十歳。天涯孤独の身の上ながら、なんとか正社員として働き自活していた私は、本日いきなり職を失ってしまった。

ひとまず従業員は自宅待機ということになり、私は自分のアパートに戻ってきた。そうして真っ先にしたことは、今月の経費の計算だ。何度も何度も収支を確かめ電卓を叩くけれど、出る数字は変わらない。

「あーーっ!!　どうやっても足りないんですけど……!!」

今月の給料が支払われないとなると、今の預金残高では月末の引き落としには到底足りない。それに倒産による解雇で支払われる失業手当も、月末には間に合わない。私は頭を抱え、部屋の中央に置かれた小さなテーブルに突っ伏した。

「どうしよう……アパートの家賃が払えない……」

月末までまだ日があるとはいえ、もう一つのバイト代の給料を入れても、家賃は払えそうにない。

「となるとなにか、日払いのバイトを探さないとダメか……」

時計を見て時間を確認すると、六時からのバイトまではまだ時間がある。

ちょっと休憩してからコンビニで求人情報誌をもらってこよう。そう思いながら立ち上がると、タンスの上にある両親の遺影が目に入った。

ここ二年の間で立て続けに両親が他界。頼れる親類もいない私は、小さなアパートで質素な生活を送っていた。

解雇されてしまった工場での仕事と、夜間の清掃バイトで細々《ほそぼそ》と暮らしていたのに、まさかこんなことになるなんて。

ふらふらと両親の位牌《いはい》の前まで移動し、手を合わせた。

「お父さん、お母さん。ピンチですが、心配しないでください……」

私は、そのまま畳んであった布団に倒れ込む。

毎日、真面目に慎《つつ》ましく暮らしていただけなのに、まさかこんな目に遭うなんて。突然の不運に落ち込みながら、私はそっと目を閉じた。

すると猛烈な睡魔に襲われて、私はそのまま眠り込んでしまう。

自分で思うより疲労が溜まっていたのだろうか。少しだけ休むつもりが目を覚ますと、次のバイトに出掛ける時間が迫っていた。

「いけない……歩いていくつもりだから……そろそろ出ないと遅刻しちゃう！」

慌てて体を起こし身支度を整えた私は、夜の清掃バイトに向かうため部屋を飛び出した。

今から数時間後、自分の人生が大きく変わることになるなんて、この時の私は知る由《よし》もなかった。


バイト先はアパートから電車で二駅先。しかし、今の私は少しでも節約しなければならない身だ。

普段は電車で行くところを、徒歩で向かう。できる限り出費を抑えないと、食べることすらままならなくなってしまう。

バイト先がそれ程遠方じゃなくてよかったと思いながら、私は今後のことについて考える。

まずはバイト先のマネージャーに給料の前借りができないか相談してみよう。もしくは、今までは週三で入れていたバイトを、もっと増やしてもらえるように頼んでみるとか……

それがだめだったら、急いでもう一個バイトを探さないといけない。今月末の支払いができなければ、失業した上、路頭に迷うことになってしまう。

早足で三十分程歩くと、大きなビルが立ち並ぶオフィス街が見えてきた。そこからさらに歩くこと二十分。一際高くそびえ立つビルに到着した。

ここは、神野《じんの》ホールディングス株式会社の本社ビル。神野グループと呼ばれる日本でも有数の大企業の持ちビルで、中にはグループ傘下の企業がいくつも入っている。

私のバイト先である清掃会社も神野グループに属する会社の一つだ。たまたま求人情報誌で見つけたのだが、同じ職種の中でも時給が高く希望者が多かったので、採用されたのはラッキーだった。

ビルの裏口にある社員専用通用口から中に入り、バイト先の「ジェイ・ビルディングサービス株式会社」の事務所に向かう。

ジェイ・ビルディングサービスは、このビルの清掃を一手に請け負っている会社だ。ビル内の日常清掃と、定期的に行《おこな》われるフロアのワックスがけや窓の清掃、カーペットのクリーニングなどなど。数名の社員と私のようなアルバイトスタッフが、各々《おのおの》割り当てられた場所を清掃している。

事務所に到着した私は、タイムカードを押しつつマネージャーの姿を探す。しかし、あいにく不在のようで、仕方なく給料前借りの件は帰りに相談することにした。

ロッカールームで腰まで伸びた長い髪を一つに結び、会社指定のユニフォームに着替える。準備ができたらシフト表を確認し、掃除用具の入ったワゴンを押して担当の場所へ向かった。

夕方六時を過ぎた時間。ビル内で働いているサラリーマンやＯＬが、続々と帰宅していく。いつもなら「お仕事お疲れ様です」なんて心の中で思っていたけど、さすがに今日はそんな風には考えられない。

「仕事……いいな……」

仕事を失ったばかりの私には、彼らが活き活きと眩《まぶ》しく映る。人を羨《うらや》んだり、卑屈になったりはしたくないけど、どうしてもそんな気持ちが湧き上がってきてしまう。

私は軽く頬を叩き、自分に気合を入れた。落ち込んでいても仕方がない。今は目の前の仕事だ。

「さ、始めよ」

気持ちを切り替えて、私はワゴンの中からトイレ掃除グッズ一式を取り出した。今日はトイレと水回りの掃除、それとフロアのモップがけ。これを自分の担当フロアで行《おこな》うのだ。

黙々と手を動かしている間は、仕事のことも家賃のことも考えずに済む。気がつくと、あっという間に数時間が過ぎていた。

担当箇所の掃除を全て終えた私は、チェック表にサインをして事務所に戻る。すると、清掃リーダーの三井《みつい》さんが困り顔で私に近づいてきた。

「寛さん、終わったばかりのところ申し訳ないんだけど、急な依頼があって、今から役員フロアに行ってくれないかしら？」

「役員フロア……ですか」

このビルの最上部にある役員フロアは、神野グループのトップがいる重要セクションだ。普段はベテランスタッフが持ち回りで清掃を担当している。そんな場所に、バイトの私が行ってもいいのだろうか。

「あの、研修の時、役員フロアは担当が固定されていると伺《うかが》ったのですが……」

私が尋ねると、三井さんは「それがね」と困ったように肩を竦《すく》めた。

「今日、役員フロアの清掃は不要と聞いていたから、担当スタッフが全員お休みなのよ。だけど、コーヒーをカーペットに零《こぼ》してしまったから清掃に来てほしいって、さっき役員の方から連絡がきてね……。筧さん、この前の研修でコーヒーの染み抜きのやり方一通り教わっていたわよね？　どうだろう、お願いできる？　残業代出すから」

残業代という言葉に反応し、私は即座に頷いた。

「分かりました。私でよければぜひ！」

弾んだ声で返事をすると、三井さんの顔に安堵の色が広がる。

「よかったー！　じゃあ、先方にはあなたが行くことを伝えるわね」

三井さんはいそいそと先方に電話をかけ、私が行くことを伝え電話を切る。

「電話をかけてきた方が、エレベーターの前で待っていてくださるそうよ。よろしくねー！」

「はい、分かりました」

事務所を出た私は、意気揚々《いきようよう》とワゴンを押してエレベーターに乗り込んだ。

エレベーターが最上階に近づくにつれて、私の背筋は自然と伸びる。接客は第一印象が重要。ましてここは、普段ベテランスタッフしか入れない重要セクションだ。

最上階に着き、静かにエレベーターの扉が開く。最初に目に飛び込んできたものに、私は思わず息を呑んだ。エレベーターの前で私を待っていたのは、想像していた大企業の役員——恰幅《かっぷく》のいい年配の男性——ではなかった。

仕立ての良さそうなダークスーツを身に纏《まと》い、長身で切れ長の目が印象的な若い男性。これまでの人生で見たことがない程のイケメンがそこにいた。

「……君がビルディングサービスの筧さん？」

穏やかに声を掛けられて、自分が仕事でここへ来たということを思い出す。

「あっ、はい！　筧です！　清掃をしに伺《うかが》いました」

慌ててエレベーターから出て、背筋を伸ばして一礼する。すると目の前の男性が可笑《おか》しそうに口の端を上げた。

「元気がいいな。では早速頼む。こっちだ」

スーツの裾を翻《ひるがえ》し、男性は足早にフロアの奥へと歩を進める。

現在の時刻は夜の九時過ぎ。周囲に人気《ひとけ》はなく、フロアは閑散《かんさん》としていた。

それにしても……と私は視線を前方に向ける。

私の前を颯爽《さっそう》と歩く男性は、かなり若い。年齢は私より上だと思うが、役員と言うには若すぎるように思う。

先程三井さんは、役員の方が電話をかけてきたって言っていたし、もしかしたらその人の秘書とかだろうか……

そんなことを考えながら彼のあとをついていく。男性は廊下の突き当たりにある大きな役員室のドアを開け、中に入るよう促《うなが》してきた。

「どうぞ」

「し、失礼いたします」

一礼して中に入ると、二十畳はありそうな部屋の広さにまず驚く。部屋の中心には重厚感のある革張りのソファーとガラスのテーブルが置かれており、その奥に大きなデスクと座り心地のよさそうな椅子が見えた。壁面のニッチには色鮮やかで美しい陶器の壺が飾られている。

部屋の中をぐるりと見回し言葉を失っていると、男性に声を掛けられた。

「お願いしたいのはそこだ。うっかりコーヒーの入ったカップを手で払い落としてしまってね」

男性に言われた辺りを見ると、カーペットに大きな茶色の染みが広がっている。

「分かりました。それでは早速、作業に入らせていただきます」

私はワゴンの中から染み抜きセットを取り出した。

まずは乾いた布でカーペットに広がったコーヒーを吸い上げていく。ポイントは染みをこれ以上広げないように、外側から内側に向かって布を押し当てることだ。大体吸い上げたところで、専用の染み抜き剤をカーペットにスプレーし、汚れを浮かせる。そこへ乾いた布を被せ、上から専用のブラシでトントン叩き、布に汚れを移していく。この作業を地道に繰り返しているうちに、カーペットの染みはほとんど目立たなくなった。

「……ほう。綺麗になるものだな」

すぐ側から興味深そうな声が聞こえ、驚いて声のした方を見る。

私が作業を始めた時、男性はデスクでパソコンと向き合っていた。それがいつの間にか、私のすぐ横に立ち手元を覗《のぞ》き込んでいる。

「あの、染みは取れたので、このあとすすぎ作業をして、完了です」

男性にそう説明し、私は染みがあったところに霧吹《きりふ》きで水をかけていった。その水を乾いた布に吸い込ませることで、カーペットに含まれた洗剤を洗い流すのである。

汚れが綺麗に取れたことを確認しながら、初めての実践にしては上出来だと胸を撫で下ろした。

あとはカーペット以外の床に飛んでいるコーヒーをモップで水拭きすれば清掃完了だ。

私はワゴンに立てかけていたモップを手に立ち上がる。だが――

「あ、れ……」

体を起こした瞬間、目の前が真っ暗になった。モップを支えにして必死に足を踏ん張るが、斜めに傾いた体は床に向かって倒れていく。そんな私の背中に、力強い手が添えられた。

「……おい。大丈夫か」

驚いたような声がすぐ近くから聞こえる。気がつくと私は、すぐ側にいた男性に体を支えられていた。目の前にある綺麗な顔に驚き、私は慌てて彼から離れた。

「も、申し訳ありま……」

ガシャーン!!

直後、私の耳になにかが割れるけたたましい音が飛び込んできた。

……え、なに、今の音。

男性と顔を見合わせ、揃って音のした方に目を向ける。次の瞬間、私は言葉を失う。

壁のニッチに飾られていた美しい壺が、床の上で無残な姿となっていた。そのすぐ横には、直前まで持っていたはずのモップが転がっている。

「ああああああっ‼」

私は、立ちくらみをおこしたのが嘘のような素早さで、割れた壺のもとへ駆け寄った。

――どうしよう、どうしよう‼　私……とんでもないことをしてしまった‼

「あー……君の手から離れたモップの柄《え》が壺にヒットして、そのまま床に落ちて割れた、といったところか」

割れた壺を見つめ呆然とする私の後ろで、男性が冷静に状況を分析した。私は真っ青になって振り返ると、その場で土下座した。

「もっ……申し訳ございません‼　なんとお詫びをしたらいいか……っ！」

床に頭をつける私のすぐ先にある黒い革靴。その革靴が、コツコツと音を立てて私の側を通り過ぎていく。

恐る恐る顔を上げると、男性は割れた壺をじっと見つめていた。

「修復は可能だろうか……？」

彼の淡々とした声からは、怒っているのか悲しんでいるのか分からない。だけど今、私がすべきことは分かっている。

「本当に申し訳ありません！　あの、弁償させてください」

私の申し出に男性はこちらを向き、切れ長の目を少しだけ見開いた。

「君が弁償？　払えるのか？　おそらく君が思っているよりも高額だぞ」

「……じゅ、十万……とか？」

「ははっ。五百万だ」

片腹痛い、とばかりに笑い飛ばされ、私の目の前は真っ暗になる。同時に自分のしでかしたことの大きさに、サーっと音を立てて血の気が引いていった。

――ご、五百万……!? そんな大金、今の私には逆立ちしたって払えない……!!

「あの……大変申し上げにくいのですが、今の私にはその金額を払えるだけの預貯金がありません。ですが、時間はかかっても、必ず全額弁償いたしますので、どうか……」

とんでもないことをしてしまった……! これでもしこの仕事まで失うことになったら、私本当にどうしたらいいのか……

私は小さく震えながら、ずっとこちらを見ている男性に申し出る。

「君は随分若く見えるが、いくつなんだ?」

途中で話を遮《さえぎ》り、男性が私に尋ねる。

「は……二十歳です」

正直に答えると、男性は驚いた様子で形のいい口をあんぐりと開けた。

「フリーターか?」

「いえ、昼間は別の会社に勤務していて、清掃の仕事はバイトです」

すると男性が怪訝《けげん》そうな顔をする。

「君のような若い女性がこんな時間まで? 親はなにも言わないのか?」

「両親はすでに他界しています。それで、あの……じ、実は今朝、勤めていた会社が倒産してしまって、給料の入る望みもなさそうなんです。だから、このバイトがなくなると、私、本当に生活できなくなってしまうんです」

私の話を聞いて、男性の表情はさらに険しくなる。

――そうだよね……怪しまれるのも当然だ……

天涯孤独な上に会社が倒産なんて、借金を逃れる作り話にしたってひどすぎる。我がことながら、作り話だったらどんなに良かったか……

でも本当のことである以上、どうにかして信じてもらわないと……!!

私は真剣な表情で男性に訴えかける。

「倒産した？　では君は今無職なのか」

「はい……なので次の仕事が決まるまで、支払いを待っていただけないでしょうか？　どれだけかかっても、必ずお支払いしますので……！」

もう一度深く頭を下げて懇願《こんがん》する。しかし、男性は黙ったままだ。

おずおずと体を起こして目の前の彼の表情を窺《うかが》うと、眉根を寄せなにか考え込んでいる。

こっちの事情で支払いを待ってもらおうなんて、やっぱり都合がよすぎるかな……

そこで男性が、おもむろに口を開いた。

「つかぬことを聞くが、君は今、一人で生活しているのか？　兄弟や親類は？」

「兄弟も頼れる親類縁者もおりませんので、一人です……けど」

も、もしかして、私が無理なら他の人に弁償させようとか考えてる⁉

じっと考え込む男性を見つめながら、私はこれからどうなるのだろうと不安になった。

役員室でこんな大きなミスをしたことが会社にバレたら、即座にクビ確定だ。……そうなったら、もう風俗で働くしか道は残っていないかも……

考えれば考える程、気持ちが沈んでいく。

その時、ずっと黙り込んでいた男性が、確認するように聞いてきた。

「君は求職中で、一人暮らし。他に頼れる相手もいないんだな？」

男性の鋭い視線が、上から私に突き刺さる。

「……はい」

「ちょっと君、立ってその場でくるりと回ってくれないか」

なんの脈略もない注文に、私はポカンとする。

「え？　ま、まわ……？」

「回って」

ええ……この人、いきなりなんなの？

戸惑いながらも、私は立ち上がって彼の指示通りその場でくるりと回った。

男性は口元に手を当てながら、そんな私をじっと見つめて、数回小さく頷く。

「……筧さん、だったね？　事と次第によっては壺の弁済を免除してもいい」

男性が口元に笑みを浮かべて、私に言った。

「えっ!!　ほっ、本当ですか!?」

さっきまで失意のどん底にいた私は、思いがけない彼の言葉に思わず食いついた。

「本当だ。だが、一つ条件がある。君にある仕事を頼みたい」

仕事、と言われた瞬間、私の胸に不安がよぎる。もしかして、なにか怪しい仕事だろうか？　それともまさか、風俗に売りとばされたり……

青くなって後退《あとずさ》る私を見て、男性がフッと鼻で笑った。

「なにかとんでもない仕事を想像しているようだが、そういったことではない」

しまった、考えてることが全部顔に出てたみたい。

気まずくて男性から目を逸《そ》らす。

「身の安全は保証する。安心していい」

その言葉に、ほっと胸を撫で下ろす。

——よ、よかった……！　世の中、ただより怖いものはないからね。

働いて返せるなら、どんな仕事でも精一杯やらせていただく！

私は彼の提案に頷いた。

「私にできることなら、ぜひやらせてください‼」

私が承諾すると、男性の笑みが深まった。彼はスッと手を差し出し、ソファーに座るように促《うなが》してくる。

「し、失礼いたします……」

私が恐る恐るソファーに腰を下ろすと、彼は私の向かい側のソファーに座った。

「さて、自己紹介がまだだったな。俺は神野征一郎《せいいちろう》という。年齢は二十九。この会社の常務取締役をしている」

——え？　今この人、神野って言った？

目の前の男性を見つめたまま、ごくりと息を呑んだ。

私がいるこのビルは〝神野ホールディングス本社〟である。

「あ、あの、もしやあなた様は……」

おずおずと尋ねる私に、神野と名乗った男性はなんでもないことのように頷いた。

「ああ……神野ホールディングスの社長は父だ。将来的には俺が神野のトップに立つ予定だ。あくまでも予定、だが」

「えっ、えええええ!!」

あまりに驚きすぎて、私は座っていたソファーから落ちそうになった。

「そんなに驚くことか？」

「お、驚きますよ!!　そんな方の部屋で、私、なんて粗相を……。あ、穴があったら埋まりたい！」

思わず、両手で顔を覆《おお》い項垂《うなだ》れる。しかしそんな私に構うことなく、目の前の神野氏は冷静に話を続けた。

「まあ、穴に入るのはちょっと待て。君に頼みたいのは、俺の家での住み込みの仕事だ。条件としては、家賃不要で、三食付き。給料も払うし、働きによっては賞与も出そう」

神野氏の提案してきた内容に、私は口を開けたままポカーンと彼を見つめてしまう。

はっきり言って、今の私に、これ以上の仕事は存在しないのではないか。それくらい破格の条件だった。

「ほ、本当に……その条件で雇ってくださるんですか……？」

嘘ではないだろうか。もしくはなにか裏があるのではないか……と、つい疑ってしまう。

疑《うたぐ》り深い私の反応に苦笑しながら、神野氏は大きくゆっくり頷いた。

「本当だ。なんなら、この壺の件も君の上司には報告しないでおこう」

その言葉を聞いた瞬間、私の中から迷いが消えた。

「やりますっ、ぜひ働かせてください!!」

勢いよく返事をし、神野氏に向かって深々と頭を下げた。そうしてから顔を上げると、彼は私に向かって満足そうに微笑んだ。

「では早速、君に頼みたい仕事内容だが……」

「はいっ」

住み込みでする仕事って、ハウスキーピングとかだろうか？

そんなことを考えながら、私は新たな仕事に胸を躍《おど》らせる。

この時の私は、さっきまでのどん底から一気に仕事も住居も決まり、少し浮き足立っていたのだと思う。

自然と返事の声が大きくなった私に、神野氏はふっと表情を緩《ゆる》ませた。

「その前に、少しだけ個人的な話をさせてもらおう。俺はこの会社の跡取りとして決められた人生を歩んできたわけだが、割合自由を許されてきた。結婚に関してもなにも言われなかったから、俺的にはまだ先でいいだろうと考えていたんだ」

「はあ」

それと仕事内容になんの関係があるのだろう？

彼がなにを言おうとしているのか分からなくて、頭が混乱してくる。

「それが一年程前、両親……というより母が、突然結婚はまだかと言ってきたんだ。仕事が忙しくて適当に流していたら、最近、思わぬ方向へ状況が変化してしまってね」

「ちなみに、ど、どんな方向へ……？」

なにも返さないのは失礼かと思い、控えめに問いかける。

すると神野氏は、ハア～、と深くため息をついた。

「先日、三十までに結婚相手を見つけられなければ、こちらで相手を決めると言ってきた。交際相手ならまだしも結婚相手だぞ。しかも母が選ぶ女性なんて、付き合いのある良家の令嬢の誰かに決まっている。そんな相手、会ったら最後、どんなに性格が合わなくても断れないだろう」

あー……なるほど。つまり、個人の問題ではなく、家同士の問題になっちゃうんだな。神野氏の立場的に、断ったらいろいろ弊害《へいがい》が生じるのだろう。

御曹司も大変なんだ……

「それは……その、大変ですね。……あれ、でも神野さん今二十九歳って仰《おっしゃ》ってましたよね？三十まで、もう時間がないのでは……」

神野氏がまっすぐ私を見て頷いた。

「その通りだ。親の決めた女性との結婚を回避するためには、なんとしても二週間後の誕生日までに結婚相手を見つけなければならない」

「に、二週間後!?」

「そうだ」

窓の外に視線を向け、神野氏は片手で頭を押さえる。そんな彼を見ながら、私は首を傾《かし》げた。

「あの、こんなに大きな会社だったら、社内にも結婚相手として相応《ふさわ》しい素敵な女性がたくさんいると思うのですが……」

しかもこんなイケメンなら、みんな喜んで結婚相手として立候補するんじゃないかな？　なんて思ってしまう。

しかし神野氏は、ため息をついて小さく頭《かぶり》を振った。

「俺は自社の社員とは恋愛しないことにしている。なにかあった時面倒だからな。しかし、ここにきて、そうも言っていられなくなった。こうなったら信頼できる人間に協力してもらおうかと考え始めていたところだったんだが……」

そう言って神野氏が私をじっと見つめてくる。その瞬間、ふと頭に浮かんだ可能性に、私は顔を引き攣《つ》らせた。

「ま、まさか……」

「君に、俺の婚約者の振りをしてもらいたい。設定として、俺たちはすでに同棲していて、他人の入り込む余地はないとする」

言い終えると、神野氏はニヤッと不敵に笑う。

「無理です!!」

即座に断ると、神野氏は不機嫌そうに眉根を寄せた。

「なぜだ。さっきは喜んで条件を呑むと言っただろう?」

「だ、だって、まさか仕事が婚約者の振りをすることだなんて思ってもみませんでしたから! なんでこんな、会ったばかりの私に、そんな重要なこと……」

「家族がおらず一人暮らし、会社が倒産して現在求職中。君の話を聞いていてピンときた。今の君なら、金のためと割り切ってこの仕事を引き受けるのではないかと。それに……」

「それに……?」

神野氏は私を見てフッ、と鼻で笑う。

「君の顔が俺の好みだった」

「は……か、顔?」

こんなイケメンに「顔が好みだ」なんて言われたら、普通なら照れて顔を赤らめるところだろう。だけど、今の私にそんな余裕は無かった。

小刻みに震える両手をギュッと握り、小さく頭《かぶり》を振った。

「そんなこと言われても……む、無理です。たとえ振りだとしても、婚約者だなんて……」

「では、この壺の弁済免除の話は無かったことになるが……もちろん君の上司にも、このことはしっかり報告させていただく」

目に見えないタライが、私の頭の上にガンッ、と落ちてきた気がした。

そうだった……！

彼に対して負い目のある私は、神野氏を見つめたままなにも言えなくなってしまう。

困り果てた私をちらりと見たあと、彼は姿勢を変えてソファーに浅く腰掛ける。

「……なにも本当に結婚するわけじゃない。あくまでも契約として婚約者の振りをしてもらうだけだ。君の状況を考えたら……決して悪い話ではあるまい。どうだろう、ここは俺と手を組まないか？」

「手を、組む……？」

途方に暮れた顔で神野氏を見上げると、力強く頷かれた。

「そうだ。互いに協力してそれぞれの問題を解決するんだ。さしあたって俺は、君に住むところと充分な給料を提供しよう。壺の弁済も無しだ。その分君は、俺の婚約者として振る舞い、母の決めた望まぬ相手との結婚を回避させてくれ」

そう言われて、私はもう一度冷静になって考えてみる。確かに、彼の提案は私にとってこれ以上ない好条件。この話を断った時のリスクを考えれば、おのずと選ぶ道は決まってくる。

だって、断ればミスを上司に報告されて、バイトはクビ。しかも、五百万の借金つきだ。そうなれば、当然家賃は払えなくなり路頭に迷うしかない。その状況で求職活動と借金返済なんて、どう考えたって無理だ！

問題は、自分に大企業の御曹司である彼の婚約者が、たとえ振りでもできるのか、ということ。

まったくもって自信はない。

だけど、今の私には、この条件を呑む以外の道は残されていなかった。

私はちらり、と神野氏を見る。彼は涼しい顔で私の返事を待っている。

——生きていくためには、割り切るしかない……

そうだ、割り切れ、私！　今は現状脱却のために彼の話を受けるしかない！

覚悟を決めた私は、改めて神野氏を見つめて、しっかりと頷いた。

「わ、分かりました。私でいいのなら……そのお話、引き受けます」

私の返事を聞いた神野氏の口の端が、クッと上がった。

「よし。交渉成立だ。寛さん……君、下の名前は」

神野氏が立ち上がり、私の方へ歩いてくる。

「沙彩、です」

「では……沙彩。以後よろしく」

目の前で足を止めた神野氏が、私に向かって手を差し伸べた。大きくて、指が長く骨ばっている大人の男の手。

本当にこの手を取っていいものかと、一瞬、躊躇《ちゅうちょ》した。だけど。

——これは、契約だ！　そう、お仕事なのだ！

そう自分を納得させて、私は目の前の男の手にゆっくりと自分の手を重ねたのだった。

第二章　私はなにをすればいいのでしょう、ご主人様

バイトを終えた私は高級外車に乗せられ、現在自分のアパートに向かっている。なぜこんなことになっているのかというと――

『ビルの出入り口に車を回しておく。今日中に荷物を纏《まと》めてうちに来い』

『は!?　今日中、ですか!?』

握手を交わして契約を結んだ私に、大企業の御曹司らしく神野征一郎氏が当然のように命じてきた。

『口約束とはいえ契約した以上、君には今すぐ俺の婚約者として必要な知識を身につけてもらう必要がある』

『はあ……』

私が渋々頷くと、神野氏――改め神野さんは胸ポケットからスマホを取り出し、誰かに電話をかけた。

『俺だ。今すぐ常務室に来るように』

そうしてやって来たのが、今この車を運転している井筒《いづつ》さんという男性。彼は、神野さんの秘書なのだそうだ。今回の婚約者の振りをする件も、神野さんが説明をしていた。

長身の神野さんとあまり変わらない身長に、少しキツめの顔立ち。そこにメタルフレームの眼鏡なんてかけているから、威圧感が半端ない。

私のアパートまで彼と二人で行くことになったのだけど、この人、車が走り出してから一言も喋《しゃべ》らないのだ。

時刻は夜の十時過ぎ。もしかしたら、こんな遅くに時間外労働をさせられて怒っているんだろうか。

後部座席で一人ビクビク考えを巡《めぐ》らせていると、不意に「筧さん」と声を掛けられた。

「はっ、はい！」

慌てて運転席の井筒さんに視線を向ける。

「あなたは神野征一郎という人間を、どこまでご存じですか」

「……恥ずかしながら、まったく知りません……」

自分がバイトをしているビルの経営一族のことくらい、知っておくべきだった。いや、でもこんな状況になるなんて誰が予想できただろう……

「では、簡単にご説明いたします。神野征一郎、二十九歳。兄妹はいません。現在は、神野ホールディングスの常務取締役執行役員であり、将来は神野グループのトップに立つことが約束されています。見ての通り、大変見目がよいので『経済界のプリンス』と言われ、なにかと注目を浴びることも多いのです」

「プリンス……そ、そんな方の婚約者役が、私みたいに貧乏で、なんの取り柄《え》もない人間に務まるのでしょうか……」

改めて、自分はとんでもないことを引き受けてしまったのではないか、という気がしてならない。今更だけど。

「務まるかどうかではなく、やっていただかないと困ります。やるとなったら徹底的に、というのが神野の流儀。周囲にニセモノだとバレないように、完璧な婚約者を演じるのがあなたの役目です」

井筒さんにそう言われて、私は神野さんの言葉を思い出し青ざめた。

――そうだよね……ただ婚約者の振りをするだけで、あんな破格の条件出したりしないよね……

一体私はなにをやらされるのだろう……？

考え始めたらどんどん不安になってきた。あの条件に見合った要求って、私にどうにかできることなのだろうか。

「あなたには努力していただきますが、もちろんこちらでもフォローいたします。そんなに不安そうな顔をせずとも大丈夫です」

そんなに顔に出ていたのかと、恥ずかしくなるが、井筒さんの言葉にちょっとほっとした。

「あ、ありがとうございます……よろしくお願いします」

後部座席で頭を下げる私に向かって、井筒さんはそれよりも、と別の話をし始める。

「先程、清掃会社に登録してあるあなたの個人情報を拝見いたしました」

「はやっ」

「ご両親は他界され、ご兄妹はいらっしゃらない。親類縁者など親しい付き合いのある方はいらっしゃいますか」

両親が若い頃は、それなりに付き合いがあったらしい。だけど、父が友人の借金の連帯保証人になったことで、様々なことが変わってしまった。その友人が、負債を残したまま夜逃げしてしまい、父がその借金を背負うことになったのだ。それを知った親類は、皆、あっさり離れて行ってしまった。

「子供の頃に会って以来、疎遠になっています。今はまったく付き合いはありません」

「結構。では公《おおやけ》の場でもし出自を尋ねられたら、井筒の遠縁、と仰《おっしゃ》ってください」

「……いいんですか？　そんなこと言ってしまって」

「井筒家は代々神野家に仕えてきた一族です。今日《こんにち》の井筒家があるのは神野家のお陰。ゆえに井筒家の人間は神野のためなら全力で偽装に協力します。ご安心ください」

「わ、分かりました」

全力で偽装に協力するなんて、どんな一族なんだ……いや、違う。なんだかどんどん話の規模が大きくなっている気がするんだけど、本当に大丈夫なんだろうか。

やっぱり私、判断を誤ってしまった気がして仕方ない。

そうこうしているうちに、井筒さんの運転する車が、私のアパートの前に横付けされた。

「こちらですか？」

井筒さんが訝《いぶか》しげにアパートを見つめる。どうせボロいアパートだとか思われているのだろう。

「はい。じゃあ、行ってきます」

私は車を降り、アパートの自室に向かおうとする。

「五分」

車のドアを閉めようとした時、井筒さんが私を見てそう言った。なんのことか分からず、私は思わず聞き返す。

「はい？　五分？」

「貴重品と必要最低限の荷物だけお持ちください。時間は五分もあれば充分でしょう。では、行ってらっしゃいませ」

「え、ちょっと、五分は短すぎじゃ……」

井筒さんは慌てる私から視線を外し、腕時計を見る。

「三十秒経過」

「……っ、い、行ってきますっ……！」

だめだ。この人、融通《ゆうずう》がきかなーい！

車のドアを閉めた私は、猛ダッシュで自分の部屋に荷物を取りに行った。

――五分後――

持っている中で一番大きいボストンバッグに必要最低限の荷物を詰めて、私は井筒さんの待つ車へ戻った。

「時間ぴったりですね」

「あなたがそうしろって言ったからじゃないですか……！」

ぜえぜえと息を乱しながら、表情を変えない運転席の井筒さんに食ってかかった。さすがに五分は厳しかったが、元々荷物が少ないので、意外と間に合ってしまったのがちょっと悔しい。

後部座席に乗り込んだ私を確認して、井筒さんは車を発進させる。

「言い忘れましたが、清掃会社のアルバイトは本日付でお辞めください。それと、このアパートも解約してください。よろしければこちらで手続きをいたしますが、どうなさいますか？」

「えっ!?　ど、どうしてですか!?　バイトはともかく、アパートを解約したら、帰るところが無くなってしまいます」

焦って後部座席から身を乗り出す私を一瞥《いちべつ》し、井筒さんは再び視線を前に戻した。

「神野からちらっと聞きましたが、あなたは今月の家賃が払えない程困窮《こんきゅう》しているそうですね」

「うっ……」

痛いところを突かれ、私は身を縮める。

「それに今見たところ、あのアパートは防犯対策がなにもされていないし、周辺の治安もよくありません。とても、二十歳の独身女性が一人暮らしをするのに適した環境とはいえない。部屋を借りる時、仲介業者からそういった説明はありませんでしたか」

やや咎《とが》めるような口調で尋ねられ、私は戸惑いつつ口を開いた。

「い、いえ……条件を伝えたら、提示された物件があのアパートだったんです」

「足元を見られましたね。家賃も適正価格か怪しいものです。とりあえず、家具や家電は後程業者に運ばせるとして、解約してもよろしいですね？」

「はい……」

静かながら反論を許さない言葉に、私は頷くことしかできなかった。

あれよあれよと決められていく状況に頭が追い付いていかない。

「え、えと……井筒さん。このこと、神野さんは承知してるんですか？」

「もちろん。全て神野の指示です」

この仕事を引き受けたのは私だけど、本当にこのまま神野さんの言う通りにして大丈夫なんだろうか。やっぱり、いきなり同居するのはマズいような気がしてきた。

どうしよう、私、目先の利益につられて早まったかもしれない。

全身からサーッと血の気が引いて、背中を嫌な汗が伝う。

今ならまだ間に合うかも、と私は運転席にいる井筒さんに声を掛けた。

「あ、あの……井筒さん、私やっぱり……」

「そろそろ神野邸に到着いたします」

同居は考え直してほしい、という私の言葉は、同じタイミングで言葉を発した井筒さんによってあっけなく遮《さえぎ》られてしまう。

諦めの境地で前を向くと、白い門扉《もんぴ》が私の視界に入った。

井筒さんが車の速度を落としながらなにか操作をすると、門扉《もんぴ》がゆっくりと開き始める。

「ここが神野邸です」

門扉《もんぴ》を通り抜けた車は敷地内を進み、目の前に白亜《はくあ》の邸宅が迫ってきた。

……でかい。とにかくでかい。昔、両親と一緒に住んでいた建坪三十坪くらいの家が、優に三個は入りそうな広さがある。

呆気にとられたまま豪邸を眺めていたら、車が邸宅の玄関前に横付けされた。

「車を置いてきますので、ここでお待ちいただけますか」

井筒さんに言われるまま、車を降りる。玄関には『ＪＩＮＮＯ』と記された表札が掲《かか》げられていた。間違いなく神野さんの家なんだ、ここ。

すぐに戻って来た井筒さんのあとに続き、私はこれから住むことになる神野邸に足を踏み入れた。

「……す、ごい」

玄関を入って目に飛び込んできたのは、大きな吹き抜けと天井からぶら下がるシャンデリア。こんな風景はテレビや漫画の中でしかお目にかかったことがない。

「靴はシューズクローゼットの空いているスペースを使用してください」

「しゅ、しゅーずくろーぜっと……？　あの、靴は今履いているスニーカーと冠婚葬祭用の黒いパンプスしか持っていないんですが……」

「……では、中をご案内します」

華麗にスルーされてしまった。

私はため息をついて、脱いだ靴をシューズクローゼットに仕舞うと、井筒さんのあとに続いた。

「広い家ですね……ここには何人くらいの方が住んでいらっしゃるんですか？」

「住んでいるのは神野と私だけです」

「えっ、二人だけ!? も、もったいない……」

なんという贅沢《ぜいたく》な！

「元々は神野のご両親も一緒に住まれていたのですが、温泉付きの別荘に引っ越されましたので。さ、こちらがキッチン・ダイニング・リビングになります。基本的に食事などはこちらでしていただくことになります」

井筒さんがリビングのドアを開ける。そこには、神野さんの姿があった。

リビングの中央に置かれた黒のレザーソファーから立ち上がった彼は、帰ったばかりなのかジャケットを脱いだだけのスーツ姿だ。

「あの、今日からお世話になります。よろしくお願いいたします」

とりあえず、とばかりに私は神野さんに深々と頭を下げる。

「ああ。ところで、荷物はそれで全部か」

頭を上げた私に、神野さんは怪訝《けげん》そうに問い掛けてきた。家具や家電は後程運んでもらうにしても、ボストンバッグ一つ、という荷物の少なさに驚いたようだった。

「はい。一人暮らしを始めた時に大分処分したので」

「服や化粧品を買ったりはしないのか？」

「あまり買いません」

私の返答に、神野さんは腕を組んで眉根を寄せる。

「物を買わないのに貯金がないって、一体なにに使ったんだ？」

「お墓です」

その答えはさすがに神野さんも予想していなかったようで、私を見たまま目を見開いた。

「墓？」

「はい……うちには両親を入れるお墓が無くて。気分的なものですが、やっぱり命日やお彼岸《ひがん》とかにはお墓参りして手を合わせたいと思ったので」

神野さんも井筒さんも、黙って私の話を聞いてくれている。話し終えた私に、まず井筒さんが口を開いた。

「昨今は若い人の墓離れが問題視されていますが、あなたのような考えを持った方がいるとは。私はご立派だと思いますよ」

ウンウンと井筒さんに肯定してもらって、ちょっとだけ嬉しかった。しかし神野さんの考えは違ったようだ。彼はソファーに腰掛け、呆れたようにため息をつく。

「購入はもう少し考えるべきだったな。結果的に生活が苦しくなっては本末転倒だ」

彼の言うことはもっともだ。だけど、この状況は私だって想定外だったのだ。まさか勤め先が倒産するなんて思ってもみなかったのだから。

私が黙り込んでいると、神野さんがソファーからおもむろに立ち上がる。

「説明することは山程あるが、ひとまず今日は休んでいい。仕事の詳細は明日の朝、改めて話す」

「分かりました……で、私はどこで休めばいいのでしょうか……？」

すると神野さんと井筒さんが顔を見合わせた。その後、神野さんがニヤリと笑って私を見る。

「仮とは言え俺の婚約者だ。君さえよければ俺のベッドで一緒に寝てもらって構わないが？」

色気を感じる切れ長の目にドキッと鼓動が跳ねた。これまでの人生で恋愛経験が皆無の私は、どう返事をしていいのか分からない。

「そっ……それはちょっと……できれば、ご遠慮申し上げたいのですが……」

しどろもどろになって断ると、神野さんがフン、と鼻で笑う。

「俺の誘いを断るとは失礼な奴だな」

私に冷たい視線を送った神野さんは、井筒さんになにか目くばせをしてリビングから出て行った。

神野氏は、ただそこにいるだけで妙な存在感がある。大企業の御曹司ゆえなのか、一般人とは違うなにかオーラのようなものが出ている気がした。

それもあり、彼がリビングからいなくなったことで緊張の糸が緩《ゆる》み、私の肩から一気に力が抜けた。

「では筧さん、客間にご案内します。この家にいる間はそこを自分の部屋として使ってください」

「わ、分かりました」

よかった、自分の部屋をもらえるんだ。それを知って私は心から安堵する。

そうして私は、井筒さんに客間だという十畳はありそうな部屋に案内された。部屋の中にはセミダブルのベッドにクローゼット、立派なドレッサーまで備わっていた。はっきり言って、住んでいたアパートより広いし、私の部屋になかったものが揃っている。

「凄く素敵な部屋ですね……！」

「バスルームですが、この家にはバスルームが一階と二階に一つずつあります。そちらはいつ使っていただいても構いませんので。他になにかありましたら、私の部屋は一階のリビングの隣ですので、いつでも声を掛けてください」

「分かりました。あの、井筒さん、今日はいろいろとありがとうございました。これからよろしくお願いいいたします」

忘れないうちにと、私は井筒さんに勢いよく頭を下げた。

井筒さんは、小さく息を吐いたあと「本日はお疲れさまでした。今夜はゆっくりお休みくださ い」と言って部屋を出て行く。

井筒さんの足音が聞こえなくなり、気が抜けた私はふらふらとベッドに倒れ込んだ。

「なんて一日だ……」

勤めていた工場が倒産して、バイト先で大きなミスをやらかした。そのせいで普段なら決して関わることのない御曹司に婚約者の振りを頼まれて、こんな豪邸に住むことになるなんて。

——お父さん、お母さん。私はとんでもない人たちと縁を結んでしまったようです……

横になると、どっと疲れが押し寄せてくる。同時に眠気にも襲われて、私は着替えもせず、ベッドの上で眠ってしまった。

翌朝。私はふかふかの布団に違和感を覚えてハッと目を覚ました。そして視界に飛び込んできたのは、いつもの茶色い木の天井ではなく、綺麗なシャンデリアがぶら下がった白い天井だった。

「……あ、そうだった……」

思い出した。壺の弁償を免除してもらう代わりに、住み込みで神野さんの婚約者の振りをすることになったんだ。

時計を見たら、朝の五時前。昨夜は眠気が我慢できなくて、ベッドに倒れ込んだまま眠ってしまったらしい。

動き出すにはまだ早いけど、さすがにシャワーを浴びてすっきりしたい。そう思った私は、昨夜井筒さんが言っていたことを思い出し、二階のバスルームを借りることにした。

着替えを持ってそーっと部屋を出る。時間も早いし、神野さんたちはまだぐっすり寝ているだろう。物音一つしない廊下を歩き、バスルームと書かれたドアを発見。なるべく音を立てないよう慎重にドアを開け中に入る。そして私は、感動で目を見張った。

「おおお……」

シャワーブースは透明なガラスで周囲を仕切られていて、その向こうにあるバスタブは大人二人が余裕で浸《つ》かれるくらい大きい。これまで私が使っていた、膝を抱えて入るのが精一杯のバスタブとは大違いだ。

――す、すっごおおい。さすがお金持ち……!!

立派なバスルームに興奮しながら服を脱ぎ、ガラス張りのシャワーブースに入った。……っていうか、シャワーブースなんて生まれて初めてだ。

中には、高級そうなボディソープや、シャンプー、リンスなんかも揃っている。ありがたく使わせてもらって、髪と体を洗った。泡を落としながら、温かいシャワーを浴びる。

――はー……

ぼんやりとお湯に打たれながら至福の時を過ごしていると、背後でカタンと音がした。

「ん？　なに……」

音に反応して何気なく振り返ると、浴室の壁に手をつきこちらを見ている神野さんがいた。

「えっ、え……キャ――――ッ!!」

私の悲鳴が浴室内に反響する。

なんでこんなところに神野さんが？　っていうか、私今、裸……！

耳をつんざく大声に神野さんは、うるさそうに顔をしかめた。

「朝っぱらから、うるさいぞ」

「なっ、うるさいじゃないですよっ!!　なんで中に入って来てるんですか！　出ていってくださいっ!!」

私は慌てて彼に背を向け、胸を両手で隠す。それなのに神野さんは、全然出て行こうとしない。それどころか私の体をじろじろと眺めてくる。

「昨日倒れたお前を受け止めた時も思ったが、ちょっと細すぎやしないか。ちゃんと三食べてるのか？」

「ちゃんと食べてますっ！　って、そんなことはいいから、早く出ていってくださいっ！」

全身に神野さんの視線を感じて、あまりの羞恥《しゅうち》に体が熱くなっていく。きっと顔は真っ赤になっていることだろう。

「俺としてはもう少し腰の辺りに肉がある方が好みだが……でも意外と胸と尻にはいい感じに肉がついていて、悪くない」

じっくり裸を見られたどころか、感想まで聞かされて恥ずかしさに死にそうだ。

「……っ！」

――もう、無理……!!

痺《しび》れを切らした私は、勢いよく振り返りシャワーブースを出る。その行動に、神野さんは驚いたように目を見開いた。

「おっ」

「もう、いいから出てって――っ!!」

私は、浴室の壁に寄りかかっていた彼を外に押し出しドアを閉めた。

「し、信じられない……!!」

人がシャワーを浴びているところに、平然と入ってくるなんて。

そんな人の婚約者の振りをするなんて、はたして大丈夫だろうか。今後の生活がたまらなく不安になり、私は裸のまま頭を抱えてしゃがみこんだ……。

なんとか気持ちを立て直してリビングに行くと、パリッとスーツを着た井筒さんが私に声を掛けてくる。

「おはようございます。よく眠れましたか」

「おはようございます。井筒さん。おかげ様で、眠れまし……」

そこまで言った時、スーツ姿の神野さんが、ダイニングテーブルで新聞を読みながらコーヒーを飲んでいるのに気づいた。

その瞬間、思わず私の口元がムッと歪《ゆが》んでしまう。

「それはよかった。私たちは朝はコーヒーだけですが、あなたはどうしますか？　と言っても飲み物くらいしかありませんが」

言われてテーブルの上を見ると、本当にコーヒーの入ったカップしかない。

「お二人とも、食事を取らなくても大丈夫なんですか？」

「もちろん腹が減ったら食うさ。外食か、デリバリーで」

神野さんがなんでもないことのように言う。それを聞いて、『金持ちめ……』と心の中で悪態をついてしまった。

「ではお言葉に甘えて飲み物をいただきます……冷蔵庫の中を見てもよろしいですか？」

「いいですよ」

井筒さんの同意を得て、私はキッチンの奥に鎮座する大きな冷蔵庫を開けた。

「……ほんとだ」

がらんとした冷蔵庫の中には、ミネラルウォーターのペットボトルや、外国の瓶ビールなど……

本当に飲み物しか入っていなかった。

——こんなに大きな冷蔵庫なのに、なんてもったいない……

がっかりしつつ、私は炭酸入りの水を一本取り出す。そのタイミングで、神野さんが読んでいた新聞をばさ、と音を立ててテーブルに置いた。

「沙彩、こちらに座れ。仕事について説明する」

促《うなが》されるまま、私は彼らの向かいの席に腰を下ろした。私が座るのを待っていた神野さんが、再び口を開く。

「昨日も言った通り、君には俺の婚約者の振りをしてもらう。そこでまずは、俺の母に気に入られるような女性を演じてほしい」

「……神野さんのお母様に、ですか」

「そうだ。俺を結婚させたがっている張本人だ。母は自分が姑《しゅうとめ》で苦労したから、俺の結婚相手は自分と気の合う女性がいいと言ってきかないんだ。まだ結婚する気のない俺に代わって、自分が相手を見つけると意気込んでいるくらいだしな」

なるほど、と神野さんの言葉に小さく頷く。

だけど、私なんかが、神野さんのお母様が気に入る婚約者を演じられるのだろうか？　はっきり言ってまったく自信が無い！

「やっぱり、無理じゃないですか？　とても私にできるとは思えません」

「なら、割った壺はどうするんだ」

「あうう……」

それを持ち出されるとなにも言えない。世の中お金が全てとは思っていないけど、なんだかんだ言ったところでお金がなければ立場は弱くなる。それはこれまでの人生で、痛いくらい身にしみていた。

黙り込んだ私を見ながら、神野さんが言葉を続ける。

「自分で相手を見つけるのが最善だと分かっている。だが、それじゃなくても重要な仕事を抱えて時間がない中、婚約者候補を見つけ、のんびり愛を育《はぐく》んでいる暇などない。だから……そうだな、一年間。君には俺の婚約者の振りをしてもらいたい」

「一年……」

初めて具体的な期間を提示されて、私は自分に言い聞かせるように、その言葉を繰り返した。

「そうだ。その間の衣食住は保証するし、給料も出す。一年後、俺の身辺が落ち着いたところで婚約を解消し、君を自由にしよう。希望するなら、就職先や住居もこちらで紹介する。それなら安心だろう？」

不安があるとすれば、神野さんの望む婚約者を演じることができるのか、ということと、彼が婚約者役になにをどこまで要求するのか、ということだ。

それ以外は、お給料も出るし、こんな広い家に住むことができるので問題はない。それどころか、背負うはずだった壺の借金をチャラにしてもらえるのだからいいことずくめだ。

不安はあるけれど背に腹は替えられない。

「わ、かりました……精一杯、努めさせていただきます」

私は改めて、目の前にいる神野さんに頭を下げる。すると彼は口元に手を当て、ニヤリと不敵に笑った。

「こちらこそ、よろしく頼む。しっかりやれよ」

お金のためだ。多少のことには目を瞑《つむ》り、まずは神野さんのお母様に気に入ってもらえるような、完璧な婚約者を演じてみせる！　そしてお金を貯めて、大手を振ってこの家を出てってやるのだ。

目の前にいる、まだ全面的には信用できない男を見ながら、私は固く心に決めた。

「ちなみに母との対面は二週間後だ。俺の誕生日パーティーに来ることになっているからな」

「えっ……」

気合を入れていたところに、神野さんから聞かされた事実に面食らう。

二週間だなんて、意外と時間がないじゃないか。やっぱりこの人信用ならない……

「話はこれで全部だ。じゃ、俺はそろそろ行く。あとは井筒の指示に従ってくれ」

神野さんがジャケットを手に立ち上がる。井筒さんもそれに続いた。

さすがにここで一人座ったまま見送りもしないというのは失礼だと思い、立ち上がって二人のあとを追う。

玄関で会話している二人に近づき、じっとしていると、私の視線に気がついた神野さんがこちらを見た。

「なんだ。なにか聞きたいことでもあるのか」

「いえ、お見送りしようと思って。仕事とはいえ、この家でお世話になることに変わりはないので」

「そうだな……」

ふむ、と納得したような様子の神野さんは、再び私を見て、ニヤリと笑った。

「それなら『行ってらっしゃいませ、ご主人様』だ」

「……は？」

「俺と君は、ある意味主従関係だ。よって君にとって俺は『ご主人様』となる。ほら」

ニヤニヤしながら私の言葉を待つ神野さんに、私は呆気にとられる。

なんでそんな、メイドさんみたいなこと言わなきゃいけないの……なんだかとっても屈辱的……

早々に決意が揺らぎそうになるが、私はぐっと我慢して言われた通りにした。

「……い、行ってらっしゃいませ、ご主人様……」

「結構。では、行ってくる」

面白そうにクスクスと笑いながら、神野さんが家を出て行った。

——くっ……お金のため、お金のため。

内心で自分に言い聞かせていると、玄関に立ったままの井筒さんに気づいた。

「井筒さんは一緒に行かなくて大丈夫なんですか？　神野さんの秘書なんですよね？」

「会社までは運転手が同行します。神野の秘書は私だけではないので問題ありません。それに、今日は神野からあなたの世話をするように仰せつかっておりますから」

「私の世話、ですか？」

すると井筒さんの視線が、私の頭のてっぺんから足先まで素早く移動していった。

「まずは、その外見をなんとかしなければいけません。あなたの朝食を調達しがてらすぐ外出します。準備ができたら声を掛けてください」

「は、はい」

私の外見をなんとかするって、一体なにをされるのだろう？　だけど契約を結んだ以上、言われたことはしっかりやらなければ。

気持ちを引き締めた私は、急いで出かける準備を始めた。


それからすぐ、井筒さんの運転する車に乗せられる。まず向かったのは、早朝から営業している喫茶店だった。そこで井筒さんは、サンドイッチとオレンジジュースをテイクアウトし、「朝食です」と渡してきた。

私はそれをありがたく車の中でいただく。分厚い玉子焼きが挟まったたまごサンドは未知の美味《おい》しさで、私は後部座席で感動に打ち震えてしまった。

——か、金持ちはいつもこんな美味《おい》しいものを食べているのか……!!

サンドイッチに感動している私に、ルームミラーに映る井筒さんが涼しい顔で声を掛けてきた。

「これからヘアサロンに向かいます。そのあと、あなたの服を買いにショップへ行く予定です。本当の婚約者でないといっても、外見がまったく神野の好みでないと、すぐにニセモノだとバレてしまう可能性がありますから。ですので、まずは外見を神野の好みに合わせていただくところから始めてもらいます」

井筒さんの言うことはもっともだ。私は自分の着ている服をじっと見つめる。

安さが売りの衣料品チェーン店で買った服は、見る人が見れば一発で安物だと分かってしまう。さすがに私でも、自分の服で神野さんの婚約者を名乗り、人前に出るのはマズいと分かる。

だけど……果たして髪や服装を変えたくらいで、自分が御曹司の婚約者らしく見えるようになるのだろうか。考えれば考える程不安でいっぱいになってくる。

しかし、そんな私の思いとは裏腹に、井筒さんの運転する車が、とあるビルの前で停車した。

ビルの一階には「Ｈａｉｒ《ヘアー》」と書かれた看板が掲《かか》げられている。

「ここは神野の行きつけのヘアサロンです。今朝オーナーに連絡して予約を入れました。見たところ、あまり髪の手入れをしていないようですね」

「うっ……その通りです」

髪を切りに行く時間もなかったし、お金もかかるので、ここ数年は伸ばしっぱなしにしていた。それもあって、私の髪は腰の辺りまである。

「髪を短くしろとは申しませんが、少し整えてください。また、必要ならカラーリングで印象を変えてもらうかもしれません。こちらの希望は全てオーナーに話してありますから」

「わ、分かりました」

私は特にこだわりがあって髪を伸ばしていたわけじゃない。なので、イメチェンに関して異論はない。それどころか、長すぎて重いし肩の凝《こ》る髪を切ってもらえるのは、個人的にもありがたい。

「あなたが髪の手入れをしている間、私はちょっと買い物をしてまいります。終わる頃に迎えに来ます」

「りょ、了解いたしました」

車を降りて井筒さんと別れた私は、おずおずとヘアサロンの扉を開ける。すると、待っていましたとばかりに、スタッフが出迎えてくれた。

「いらっしゃいませ、筧様。オーナーからお話は伺《うかが》っております。本日はお任せください」

「よろしくお願いします……」

随分と久しぶりのヘアサロンに緊張しながら、促《うなが》されるまま席に座った。簡単なヒアリングのあと施術《しじゅつ》が始まる。

腰まで伸びた髪は、背中の真ん中あたりで切り揃えられ、少しだけ明るく見えるようピンクブラウンにカラーリングされた。仕上げに傷《いた》んだ髪へトリートメントをし、コテで巻いて終了。ついでとばかりに化粧っ気のない私の顔に軽くメークまでしてくれた。仕上がった姿を鏡で見て驚いた。

「す、凄い……!!」

人の顔はこんなにも劇的に変わるものなのか。私は別人のようになった自分の顔を見て、言葉を失う。

メークで強調された目はぱっちりとして、グロスを塗った唇はぷっくりと愛らしく輝き、女性らしさが増していた。ピンク色のチークが健康的な印象も与えている。自分でもびっくりの変貌ぶりに、これなら神野さんの婚約者と言っても周囲に疑われなくてすむかもしれない、とちょっと思った。

「随分イメージが変わりましたね。とってもお似合いです」

私を担当してくれた男性の美容師さんに笑顔でそう言われて、照れてしまう。

時計を見るとすでに三時間近くが経過していた。

そういえば買い物に行くと言って出て行ったまま、井筒さんはまだ戻ってきていない。彼の連絡先を聞いていなかったことに気づいた私は、困ってしまった。

なにも聞いていないけど、ここの支払いとかどうなっているんだろう……

見るからに高そうなサロンに、私の頭の中は別の心配でいっぱいになってくる。

その時、店の入り口から井筒さんがこちらに向かって歩いて来るのが見えた。私を見るなり、井筒さんは目を大きく見開く。

「ほう。これはこれは……見違えましたね」

「あ、ありがとうございます……それよりもあの、ここの支払いは……」

こんなにいろいろしてもらったとなると、きっと支払額は私の想像を遥かに超えているに違いない……

心配でソワソワしていると、スタッフに挨拶《あいさつ》をした井筒さんに手を引かれ、そのまま出口に向かった。

「え、あの……」

「次は服装です。行きましょう」

戸惑っているうちに、スタッフの方々に見送られヘアサロンから連れ出される。

再び車に乗せられしばらくすると、今度は私でも名前を知っているような有名ブランドのショップに連れて来られた。

――なにかとても、いやな予感がする。

「井筒さん……まさかここで服を買うんですか……？」

車を降り、高級ブランドのショップに向かって歩き出した井筒さんに、恐る恐る声を掛けた。

「そうです。ここも神野の行きつけのショップですので、せっかくなら合わせましょう。このブランドはメンズだけではなくレディースも扱っていますし」

「で、でも、こんな高そうなところじゃなくても服は買えますよ!?」

「さ、段差がありますので足下に気をつけてくださいね」

私の言い分を華麗にスルーして、井筒さんは店内に入っていった。

中に入るなり、井筒さんは私に合う洋服を何着か見繕《みつくろ》ってほしいとスタッフに声を掛ける。

すぐにワンピースやら、スーツやら、カジュアルなセットアップなどが目の前に並んでいく。さらには、二週間後に迫った神野さんの誕生日パーティー用にと、ドレスまでも持ってこさせた。

それらを試着させられている合間に、井筒さんとスタッフの間でバッグやアクセサリーなどが決められていく。一体総額いくらになるのか、私は怖くて考えることができなかった。

きっと私が直視できないくらいの金額になるに違いない。

店を出て車に戻る頃には、精神的にいっぱいいっぱいになっていた私。なにより、山のようなショッピングバッグを見て、恐怖で震えた。

こんなに大量の買い物、未だかつてしたことがない。しかも……ワンピース一着の値段が、私の一ヶ月の生活費よりも高いなんて！　そんな服を何着も購入する井筒さんの正気を疑ってしまう。

――まさかこの買い物代、私の借金に上乗せになるのかな……？　これ以上借金が増えたら、今後私、なにをやらされるか分かんないんですけどっ……！

私が真っ青になって買い物の山を見つめていると、それに気がついた井筒さんに「どうしました？」と声を掛けられた。

「あ、あの！　ヘアサロンとこの買い物の支払いは、どうなっているんでしょう？　まさか、私の借金に……」

すると、井筒さんは呆れたように大きなため息をついた。

「あなたがお金を持っていないことなど百も承知。これは必要経費です」

「必要経費？　でも、ただでさえお世話になっているのに、これ以上……」

そうだ、なにもこんなに高い店じゃなくてもちゃんとした服は買える。それなら、私も給料で買うことができるのに。

渋い顔をしていると、すぐに井筒さんの声が飛んでくる。

「これは投資です。あなたが神野の婚約者役を引き受けてくださったことで、神野は結婚相手を探すために費《つい》やすはずだった時間を全て仕事に充《あ》てることができる。それに女性と知り合い、関係を構築していくためにはそれなりにお金もかかります。それを考えたら、あなたに費やす金額など大した額ではありません」

——そんなものなのだろうか……

なんか、上手《うま》く丸め込まれたような気がしてならない。

それに……ここまでお金をかけさせたあげく、神野さんから「イメージじゃない」とか言われたらどうしたらいいんだか……

新たな不安を抱きつつ、私を乗せた車は神野邸に向かって走り出したのだった。


神野邸に到着し、先にリビングへ入った私は、程なく大量の食料品を持って現れた井筒さんに驚く。

どうやら私がヘアサロンにいる間に買い込んできたものらしい。

見ると、味噌や醤油《しょうゆ》などといった主な調味料類に、お米。それから、お肉や野菜に果物まである。

さらに、キッチンスツールなども一式あった。

「どうしたんですか、こんなにたくさん」

「今朝、あなたは冷蔵庫の中を見てがっかりしていたようなので。神野から食料を入れておけと指示がありました。外食でもいいし、あるものを好きに調理して食べていただいても構いません」

「あ、ありがとうございます……！」

この配慮は正直、とても嬉しい。

「これ以外になにか必要なものがありましたら生活費をお渡ししますので、ご自分で買い出しに行ってください。それと契約期間中はこのスマートフォンをお持ちください。私や神野の連絡先を入れてあります」

井筒さんが私に封筒と真新しいスマートフォンを差し出す。おずおずとそれを受け取り封筒の中身を見ると、数枚のお札が入っていた。だけど明らかに多い。

「あの、お給料をいただけるのなら、その中で生活費を工面するので、別にいただかなくても大丈夫です」

「いえ、生活費は給料とは別に支給しろと、これも神野の指示です」

私は訳が分からず眉根を寄せる。

「……なんで、そこまでよくしてくださるんですか？」

「私には分かりかねます。神野が帰宅したら聞いてみたらどうですか」

そう言って、井筒さんは微《かす》かに微笑んだ。なんだかまた答えをはぐらかされたみたいで、私は黙り込む。彼はそんな私に構わず、全ての荷物をキッチンに運び込んだ。

時刻はもう午後一時過ぎ。井筒さんは午後から出社するということで、この家の留守を私が一人で預かることになった。

その時間を勉強に充《あ》ててください、と、マナーの本を数冊手渡される。

「特に大事だと思われるページには付箋《ふせん》を貼っておきました。後日マナー講師を呼んで、立ち居振る舞いなど、チェックしていただきます。それまでに基本の内容を頭に叩き込んでおいてください」

「分かりました……それはそうと、知り合ったばかりの私に留守番なんかさせていいんですか？」

つい、気になったことを聞いてしまった。

――だって、さすがに不用心なんじゃない……？

「あなたのことは全て調べた上で、問題ないと判断いたしました。万が一契約を反故《ほご》にしてこの家から逃げたとしても、我々はあなたを地の果てまで追いかけることが可能です。賢いあなたなら、どうするのが一番かよくお分かりでしょう」

そりゃそうだ。これだけの財力のある人たちから、逃げられるなんて思えない。

「……逃げませんよ。ただ、意外と信用してくれているんだと思って、驚いただけです」

ちょっとだけムッとした私を見て、井筒さんは「それはよかった」と、鼻で笑った。

そういうところ、神野さんとそっくり。秘書ともなると、やはり似てくるものなのか。

玄関まで井筒さんを見送ったあと、私は買ってもらった服やバッグをクローゼットにしまった。

アパートから持ってきた安物の服の隣に高級な服が並んでいるのを見て、夢と現実が同居しているような変な気持ちになる。そしてあらかた荷物を片づけ終えた私は、最後にパーティー用のドレスを手に取り、うーんと悩む。

このドレス、デコルテ部分が総レースになっていて、私が持っている下着では肩紐がばっちり見えてしまう。今日は井筒さんがいたから言えなかったけど、このドレスに合わせた下着を買ってこなければ。

そんなことを考えながらダイニングに戻り、私は井筒さんに言われたマナーの勉強を始める。最初のページから読み進めていき、途中で付箋《ふせん》が貼られたページに辿《たど》り着く。

最初の付箋《ふせん》は、食事のマナーについて書かれたページに貼られていた。

――あー、マナーが必要な料理なんて食べたことないからなあ……確かに大事かも。

婚約者がマナーも知らないなんてことになったら、恥ずかしい思いをするのは神野さんだもんね。契約した以上、しっかり頭に叩き込まなきゃ。

私はテーブルマナーのページを熟読し、なおかつ実際にカトラリーをテーブルに並べて実践してみた。最初はおぼつかなかったものの、何度も繰り返していくうちに、なんとなく形になってくる。

夢中になってやっていたこともあって、時計を見るとすでに数時間が経過していた。

――さすがに喉が渇いたな……なにか飲もう。

私は硬くなった身体をほぐしつつ、冷蔵庫からミネラルウォーターを取り出してコップに注《つ》いだ。水を飲みながら、何気なくキッチンを見回す。おしゃれなダークブラウンの落ち着いた色合いで、機能も充実した立派なキッチンだ。だけど神野さんも井筒さんもほとんど料理をしないとあって、圧倒的にものが少ない。まるでショールームのようだ。

調理器具は少しあるけど、キッチン家電は冷蔵庫とオーブンレンジのみ。それに、せっかくお米を買ってもらったのに、この家には炊飯ジャーがなかった。お米は鍋で炊くしかないか。

そんなことをぼんやり考える。

こうやって先のことを考える余裕が出てきたのはいいことだ。

昨晩からの急展開に、まだ頭が付いていかないこともあるけど、想像していたよりも状況は悪くない……というより、ずっとよかった。

神野さんは、私のことをいろいろ考えてくれているようだ。つい、そこまで悪い人ではないのかな？　と、彼に対する印象がちょっとだけ良くなる。

――ちょっとだけ、ほんっとーにちょっとだけだけどね！

今朝の暴挙を簡単に許しそうになっている自分に、慌てて首を振った。

その時、何気なく窓へ視線を向けると、眩《まぶ》しいくらいの真っ青な空が見える。

――いい天気……これなら洗濯物がよく乾きそう……って洗濯物……？

ここでふとある疑問が頭に浮かんだ。

そういえば洗濯ってどうすればいいんだろう？　ずっと溜めとくわけにもいかないし、時間がある時に洗っておきたい。それに、神野さんたちに下着を見られるのはさすがに嫌だから、できれば二人がいない間に。

私はおもむろに、洗濯機を探して広い神野邸を歩き回る。二階のバスルームには無かった。だけど、一階のバスルームにもそれらしきものはない。

「この家には洗濯機がないのか……!!」

一通り家の中を探し回ったあと、ダイニングに戻ってきた私は途方に暮れる。

その時、私の携帯に着信があった。画面に表示されたのは、市外局番から始まる見知らぬ番号だ。

私は一瞬躊躇《ちゅうちょ》するが、思い切って電話に出てみる。

「はい……」

『俺だ』

相手は男性だ。でも、最初の一言が「俺だ」なんて、よくある詐欺《さぎ》かもしれない。

「……どちら様ですか？」

『神野だが』

まさか神野さんから電話がかかってくるなんて思わなかった私は、驚いて携帯を落としそうになった。

「お、お疲れ様です。なにかご用でしょうか」

『大した用事はないんだが、変わりないか』

「はい、大丈夫です……あ、そうだ。あの、ちょっとお伺《うかが》いしたいことがあります。洗濯をしたいんですが、この家に洗濯機ってありますか？」

『洗濯機？　ああ……一階のバスルームの隣の小さい部屋にあるぞ』

そう言われてみたら、バスルームの隣にドアがあった気がする。なるほど、あそこにあったのか。

『おい、お前井筒にいろいろ宿題を出されたのだろう。ちゃんとやってるのか』

洗濯機に思いを馳《は》せていた私は、神野さんの言葉に即座に反応する。

「もっ、もちろんです！　やってます！　ですけど、昼間のうちにどうしても洗っておきたいものがあってですね。あの、洗濯機を使わせていただいてもいいですか？」

『好きにしろ。今日は夜九時頃帰宅する予定だ。食事は済ませていく』

「は、はい……分かりました……」

じゃ、と言って、電話は一方的に切られた。なんで神野さんが電話をかけてきたのか分からないけど、なんていいタイミングで電話をくれたんだ。おかげで洗濯機の場所が判明した。

私はいそいそと洗濯物を持って一階に移動し、教えてもらったリネン室に入る。そこに待望の洗濯機を発見した。

「あった！」

私は手早く洗濯を済ませ、迷った末に自分の部屋の窓枠に干した。こうなると洗濯物を干すグッズが必要だな。アパートに置いてきた私の荷物はいつこっちに運ばれてくるんだろう。

ここでの生活は、慣れないことばかりで気持ちが落ち着かない。そこへきて覚えることや、やらなければいけないこともたくさんある。本当にこのままやっていけるのかと不安は尽きない。

――それでも、決めたのは私だし、もうやるしかない。

そう自分に言い聞かせた私は、再びダイニングに戻って勉強を再開した。


勉強に没頭すること数時間。気がつけば外はすっかり暗くなっている。

時刻はもうじき夜の八時になるところ。さすがにお腹が空いてきた。

「ご飯食べよっかな……」

二人が帰ってくるのは九時頃らしいから、その前に食べてしまわないといけない。私はアパートから持ってきたエプロンをして、急いで食事を作り始める。

井筒さんが買っておいてくれた食材を使い、手早くいくつか料理を作った。お米は炊飯ジャーがないのでお鍋で炊く。

本当は、冷蔵庫の中で一際存在感を放っている高級そうなお肉が気になったんだけど、結局怖《お》じ気《け》づいて手が出せなかった。代わりに豚の小間肉を使って、肉じゃがを作った。

初めてのキッチンだけど、割と上手《うま》くできたと思う。味見を済ませ、さ、ご飯にしようと茶碗を探していると、井筒さんから電話がかかってきた。

『神野に昼間の成果を見せたいので、買った服に着替えておいてください』

なにかと思えば、そんなことを指示される。私の体が、にわかに緊張してきた。

――だって、もし神野さんのお眼鏡にかなわなかったら、この先の計画にだって影響が出てくるだろうし。ダメって言われたら、どうしたらいいんだろう……整形？

またしても不安に襲われ、スマホを持ったままその場に立ち尽くしてしまう。

でも、これが今の私だから仕方ない。自分なりに精一杯やろう……そう気持ちを切り替えた。私は急いで部屋に戻り、買ってもらった服の中からおとなしいイメージの膝丈ワンピースに着替える。

精神的に食事どころではなくなってしまい、私はダイニングでじっと二人の帰りを待つのだった。

夜九時、玄関先から聞こえてきた音に、私の肩がビクンと跳ねる。

――か、帰ってきた……

出迎えたくないけど、こんなところでビクビクしていてもどうにもならない。私は覚悟を決めて玄関に向かう。すると、ちょうど神野さんが靴を脱いで家に上がるところだった。

「お帰りなさい……ませ」

早足で彼に近寄り、ぺこっと頭を下げた。この姿を見た神野さんが一体どんな反応をするのか、私は緊張で顔を強張《こわば》らせながら、彼の言葉を待つ。

こちらを見た神野さんの顔が、無表情から驚きに変わった。

「驚いた。随分と印象が変わったな。髪型と服装でこうも変わるのか」

そう言ったあと、神野さんは無言で私の全身を上から下までじっと眺めている。

「あの……？」

なんだろう、結局彼のお眼鏡にかなったの？　どっち？　私はじわじわと不安になってくる。

その時だった。

神野さんがつかつかと私に近づき、ぐいと腕を取った。

「えっ、な、なん……」

突然のことに驚き、神野さんを見上げる。すると、彼が私の耳に口を近づけてきた。

「ご主人様のお帰りだ。着替えを手伝え」

耳元で囁《ささや》かれた低くて甘い声が、私の体をビクッと震わせる。

当然こんな至近距離で男性と接したことのない私は、それだけで挙動不審になってしまう。

「ご、ご主人様って……」

「……疲れてるんだ、早く来い」

神野さんは私の腕を掴《つか》んだまま、すたすたと歩き出す。

有無を言わさぬ俺様ぶりに眉を寄せる。咄嗟《とっさ》に後ろにいた井筒さんに助けを求めようとするも、いつの間にか姿が見えなくなっていた。

ええーー、ど、どうしよう……

困惑したまま神野さんの部屋に連れていかれる。この時初めて、神野さんの部屋が私の部屋の隣だと知った。

部屋に入った瞬間、ふわりと神野さんの香りが私を包んだ。そのせいか、緊張感が高まる。反射的に室内を見回すと、私の部屋より遥かに広い部屋には、重役室にあったような立派なデスクと、ダブルベッド。そして壁面の棚にぎっしりと本が並んでいた。

人生で初めて入った男性の部屋に、訳も分からず心拍数が上がっていく。

神野さんはベッドの近くまで私を引っ張っていくと、ネクタイを外し、着ていたジャケットやシャツを次々とベッドに脱ぎ捨てていった。私は急いでそれらを拾い上げ、クローゼットのハンガーに掛ける。

「あの、お二人は洗濯はどうしているのですか？　今日洗濯機を使わせていただいたんですけど、あんまり使っている形跡がなかったので……」

「基本は全て業者任せだ。タオルや靴下などは、たまに井筒が洗ったりしているがな」

「え、業者⁉　全部⁉　立派な洗濯機があるのに、もったいないですよ！」

上半身裸の神野さんが、真顔で私を振り返る。

「誰に言ってる」

蛇に睨《にら》まれたカエルの如《ごと》く、私は身を縮めた。つくづく、この家の人たちとは金銭感覚が違いすぎる……

「それよりも」

神野さんがこちらに近づいてきた。そして一気に距離を詰めると、私の顎《あご》をくいっと持ち上げた。

「わ、なに……」

間近から顔を覗《のぞ》き込んでくる彼の視線に、私はどこを見ていいか分からず、視線を彷徨《さまよ》わせる。

神野さんの切れ長の瞳に、いつもより熱がこもっているように感じるのは気のせいだろうか。

「手を出すつもりはなかったが、少々気が変わった」

「へ……？」

その直後、私の体が突然ふわっと宙に浮いた。

状況を理解できないまま呆然としていたら、ベッドの上に降ろされる。すぐさま上半身裸の神野さんが私に馬乗りになってきた。

「え？　あ、あの……神野さん？　一体なにを……」

「婚約者を務めるってことは、こういうことも含めて、だろ？」

こういうことって……それってつまり……！　いやいや、聞いてないですから!!

彼に言われた内容に焦り、私は慌ててぶんぶんと首を横に振った。

「そんなこと、ひとっことも言ってなかったじゃないですか！　話が違います！」

「今決めた」

「それはズルいです‼」

じたばたと手足を動かし、神野さんの体の下から逃れようともがく。だけど、神野さんは暴れる私を楽々と押さえ込み、あっという間に両手首を掴《つか》んでベッドに縫い付けた。

「二十歳だったら、これまで男となにもなかったわけじゃないだろう？」

「残念ながらなにもありません！」

顔を近づけ探るように問いかけてくる神野さんに、本当のことをぶちまける。

それにより、さっきまで獣のようだった神野さんの目が、丸く見開かれた。

「なにも？　ということはお前……処女か」

「そ、そうですよっ！　だから、こんなことやめてください！」

まさかベッドの上で男性に組み敷かれながら、こんなことを叫ぶ日が来るとは思わなかった。だけど、恥を忍んでここまで白状したんだから、きっと止めてくれるはず。

だが、神野征一郎という男は常に私の想像の斜め上を行く。目を丸くして私を見下ろしていた彼は、にこりと麗《うるわ》しい笑みを浮かべた。

「そうか処女か……俄然《がぜん》やる気が出た」

「えええええっ⁉」

――神野征一郎、この人はケダモノだ！

あまりのことに言葉を失う私の首筋に、神野さんが顔を埋《うず》めてくる。そのまま、鎖骨の辺りに吸い付いた。

「ひあ……っ」

初めて素肌に感じる男性の唇の感触に、私は激しく混乱した。

「じ、神野さんっ……や、やめてください……！」

喉から声を絞り出して懇願《こんがん》するも、彼の唇は私の肌から離れる気配が無い。それどころか、肌にかかる息が段々荒くなってきているような気がする……

「心配するな、優しくしてやる」

そう言って、私の両腕を拘束していた神野さんの手が離れた。だけどその手は、なんと私の胸の膨らみを包み込んでいる。

「あっ……ちょ、ちょっと……‼」

人生で初めて男性に胸を触られた私は、びっくりしすぎて体が固まってしまった。

それをいいことに、神野さんの大きな手が、服の上からゆっくりと胸を揉みしだいていく。

体を硬直させ、されるがままになっていると、彼の指が私の胸の先端を掠《かす》めた。その瞬間、背筋にビリッとした電気のようなものが流れ、体がビクンと跳ねた。

無意識に、ハッと息を吸い込むと、首筋に顔を埋《うず》めていた神野さんが顔を上げる。

「……感じたのか？」

ふん、と鼻で笑う彼の顔が視界に入った。経験はなくても、彼の言うことは理解できる。湧き上がる羞恥心《しゅうちしん》に、私は無言で首を横に振った。

「なるほど。まだ刺激が足りない、というわけだな」

――そうじゃない！

だが反論する前に、神野さんは再び私の首筋に顔を近づけ、私の耳朶《じだ》を甘噛みする。さらに耳介《じかい》に舌を差し込み、周囲をゆっくりと舌でなぞり始めた。

「ひ……!!」

彼の舌が蠢《うごめ》くたびに、クチュクチュという音が脳内に響く。その音がひどく淫《みだ》らに感じて、私の顔にかっと熱が集まる。

触られるだけでもこそばゆい耳を、あろうことか舐《な》められるなんて。私は今自分の身に起こっていることが信じられずにいた。

本当にこれも契約に含むというのだろうか？　となると、私に拒否権は無くなってしまう。

そう考えると、頭のどこかに諦めにも似た感情が生まれてくる。

所詮、体だけだ。心が繫《つな》がるわけじゃない。一時だけ我慢すれば、神野さんも満足するに違いない。そんな気持ちで、私はぎゅっと強く目を瞑《つむ》った。

身を縮めて耳への愛撫《あいぶ》に必死で耐えている間も、彼の手は私の乳房を揉み続ける。

時折先端の場所を探るように、指で円を描きながらなぞられた。すると、お腹の奥がきゅん、と切なくなって下半身に熱が集まり出す。

――なに、これ……私の体どうなってるの……？

自分の体の変化に戸惑い、思わず目の前にある神野さんの肩を掴《つか》んだ。

「じっ……神野さんっ……、なんか変なんです、これ……」

神野さんは、耳への愛撫《あいぶ》を止め、熱い瞳で私を見る。

「じきに気持ち良くなる。俺に任せておけばいい」

「そ、そんな……って、あ……！」

困惑する私に構わず、彼はワンピースの前ボタンを慣れた手つきで外していく。あっという間に胸の下まで露《あら》わになり、ブラジャーに包まれた乳房がふるりと揺れた。

「肌が白いな。それに柔らかい……」

私の体をじっと眺めながら、神野さんの指が私の鎖骨から胸の谷間をつつーとなぞる。

「～～やっ!!」

神野さんの指が直接肌を撫でる感触に、背中がぞくりと粟立《あわだ》った。思わず私は、彼の手を両手で掴《つか》む。その瞬間、彼の眉間に皺《しわ》が刻まれた。

「……なんだ」

「や、やっぱり、無理ですっ！　こういうことは本当に好きな人とするべきじゃないかと……」

「なにを今更。ここまできて怖《お》じ気《け》づいたか？」

「怖《お》じ気《け》っ……づいてなんてっ……」

このままだと、間違いなく、ここで処女を喪失することになってしまう。

さっき覚悟を決めたはずなのに、その決意が揺らいでくる。

「……いいから、もう黙れ」

神野さんの手を掴《つか》んでいた私の手は、あっけなくベッドに縫い付けられた。

胸への愛撫《あいぶ》を再開した神野さんは、谷間にキスをしながら、指でそっとブラジャーのカップをずらす。するとすでに硬く立ち上がり始めた先端が、ポロリと零《こぼ》れ出た。

「なんだかんだ言って、ここはもうこんなに硬くなっているが……？」

そう言って顔を近づけた神野さんは、赤くなった先端を舌先で突《つつ》く。

「あっ！」

ピリッとした刺激が、胸の先から体中に走る。

ビクンと体を震わせた私を見て、神野さんは何度も先端を舌で弄《いじ》り、舐《な》め転がす。そのたびに経験したことの無い快感が私の体を駆け巡《めぐ》っていった。

こんな感覚知らない。それに、さっきから下半身が変だ……。なんだか凄く熱くてこそばゆいような……私、このあとどうなっちゃうんだろう。

――怖い。

意識した途端、このあとに起こることが不安でたまらなくなった。

「やっ……やめて、やだっ……！」

恐怖が限界に達した私は、必死に体を動かし彼から逃れようとする。

「おい」

じたばたと暴れる私に、神野さんの声に苛立ちが混じる。

「本当にやだっ、やめてっ!!」

涙声で精一杯訴えたあと、私は無意識のうちに神野さんの体を突き飛ばしていた。

急に様子の変わった私に、神野さんが動きを止めた。ため息をついて上体を起こした彼の表情が、怪訝《けげん》そうに変化する。

「……俺に抱かれるのは、そこまで嫌か？」

神野さんの手が、私の頬に触れる。

無意識のうちに頬を涙が伝っていた。私は小さくしゃくり上げながら、神野さんから顔を背《そむ》ける。

神野さんはふうっと一度大きく息を吐き出すと私から離れた。そしてベッドの端に腰掛け、乱れた髪を掻き上げる。

「もういい、部屋に戻れ」

神野さんが静かに言うと、手で向こうへ行けと合図する。私はのろのろと身を起こしてベッドから下りた。そしてベッドに腰掛けたままの神野さんを見ないようにして部屋を出る。

自分の部屋に戻るなり、私はへなへなとその場にへたり込んだ。

自分の身に起こったことがなかなか受け入れられず呆然としていた。だが、徐々に落ち着きを取り戻すうちに、今度は神野さんに対する怒りが沸々《ふつふつ》と湧き上がってきた。

――いきなりあんなことするなんて、最っ低！　そりゃ婚約者の振りで多少くっつくことはあるかもしれないと思ってたけど、本当にしようとするなんてっ……!!

こんなの絶対契約に入ってない。いくら雇い主だからって、これはどう考えても神野さんが悪い。

勢いよく立ち上がり、ベッドに移動した私は、二つある枕の片方をむんずと掴《つか》みもう一つの枕に力一杯投げつけた。

「バカバカバカ、最低……最低……っ‼」

枕の一つを神野さんに見立て、もう一つの枕で何度も何度も叩く。そのうちに息が上がり、私はベッドに倒れ込んだ。

――ちょっとだけすっきりした……

発散したことで、どうしようもない怒りの感情はある程度落ち着いた。

しかし問題は今後だ。あんなことをされて、この先神野さんとどう接していけばいいのだろう。今後もこういったことに対する、彼の考えが変わらないなら、なんらかの対処法を考えないといけないのではないか。なにより、私が彼の前で平常心を保てる自信がない。

だけど、この仕事を断ったところで借金を抱えて路頭に迷うのが目に見えている。となると、今まで通り婚約者を演じながら、なんとか問題を乗り越えて任務をまっとうしなければならない。

「はあ……参ったな……」

こんな状況でなければ、今すぐこの家から出て行くのに。だけどそれができないとなると、私に選択肢はほぼ残されていないのだ。

雇い主に襲われかけた翌日。朝方まで眠れず悶々《もんもん》と考え抜いた結果、神野さんの行動に腹は立つが、お金のためと割り切り婚約者の振り——すなわち仕事を続けるという結論に達した。

そのために、昨夜の出来事を自分の記憶から強制削除する。そうでもしないとこの家で神野さんと一緒に生活なんてできないからね。

とはいえ、感情はそう簡単に割り切れず、できれば今日はあまり神野さんの顔を見たくない。

私は昨日より早い時間にキッチンへ行き、神野さんが起きてくる前に食事を済ませてしまおうと急いで朝食の支度を始めた。

しかし、しばらくしてまさかの本人がリビングに現れたので、私は無意識に体を震わせてしまう。

——嘘。なんでこんな早い時間に神野さんがっ⁉

シャツにスラックスというラフな姿だが、手にはジャケットを持っている。彼は持っていたジャケットをソファーの背凭《せもた》れに掛けると、ちらりと私に視線を向けた。

「おはよう」

「……おっ……おはようございます……」

あんなことがあったのに、神野さんの態度はいたって普通。まるでなにも無かったかのように接してくる。その様子に、私は無性に苛ついた。

——私ばっかり昨夜のことを気にしてるみたいで、なんか腹立つ……

昨夜のことに関してなにか言ってくるだろうかと、身構えていた私は肩透かしを食らう。

腹立たしくはあるものの、ある意味よかったのかもしれない。だが、契約内容だけはちゃんと確認しておかなければ……

そんなことを考えていると、こちらに近づいてきた神野さんが鍋の中を覗《のぞ》き込んできた。

「鍋で米を炊いたのか？」

「……っ、は、はい。この家には炊飯器がないので」

距離の近さに一瞬、ビクッとしてしまうが、なんとか普通に答える。

「炊飯器？　……昔、家政婦を雇っていた時はあったと思うんだが、気づいた時には家から消えていたな」

隣にいる神野さんを気にしないようにして、作業台で浅漬けにしたきゅうりを切る。

早く向こうに行って欲しいのに、なぜか彼はちっとも離れる気配が無い。

仕方なしに私は会話を続けることにした。

「家政婦さんはもう雇わないんですか？」

「雇っていた家政婦が、家の物をくすねてネットで売りさばいていてな。それ以降、雇うのを止めたんだ」

「それは、災難でしたね……」

これはもしかして、私に釘を刺しているのだろうか。いや、考えすぎか……

あまり神野さんの方を見ないようにして、意識を手元に集中させる。

「まあな……ところで、これはなんだ？」

神野さんは私の手元にあるきゅうりの浅漬けを指さした。

「きゅうりの浅漬けです。昨晩漬けておいたんです」

「食べてもいいか」

「え……」

返事をする前に、神野さんはきゅうりの浅漬けをひょいっと口に入れ、ポリポリと咀嚼《そしゃく》する。

「……うまい。お前、料理ができたんだな」

「まあ人並みに……炊事洗濯掃除は小学生の頃からしていますから」

「そうか」

浅漬けをつまんだ指をぺろりと舐《な》めて、神野さんはコーヒーマシンでコーヒーを淹《い》れ始める。その様子を、私は平静を装《よそお》いながら見つめていた。すると、パリッとスーツを身に着けた井筒さんがキッチンに入ってきた。

「おはようございます。筧さんお早いですね。おや、それはなんですか？」

井筒さんも興味津々《きょうみしんしん》で、私の手元を見てくる。

「昨晩、お米を炊いたので梅のおにぎりと、きゅうりの浅漬けに玉子焼きです。朝ごはんにしようと思いまして」

「ほう、玉子焼きですか。美味《おい》しそうですね。一ついただいても？」

「え、あ、はい。どうぞ……」

私が頷くと、井筒さんは玉子焼きを一切れ箸《はし》でひょいとつまみ、口へ運んだ。

それを眺めながら、この人は、昨夜私の身に起こったことを知っているのだろうか、という疑問が生まれた。

この人のことだから、気づいていた可能性はあるよね。で、見て見ぬ振りをされたんだろうな。

となると、この人も信用できない。やっぱり自分の身は自分で守るしかないか……

「美味《おい》しいです。昔、祖母が作ってくれたような懐《なつ》かしい味がします」

井筒さんはそう言って優しく微笑んだ。その顔につられて、ついこっちもにへらっと笑っていたら、神野さんの声が飛んできた。

「沙彩。料理を中断して、こっちにこい。『仕事』に関してやってもらいたいことがある」

神野さんが茶色の封筒を手に、私をダイニングテーブルに呼んだ。「仕事」と言われた途端、全身に緊張が走る。

まさかとは思うけど、やっぱり体の関係を強要されるんだろうか。そうなったら私、もう逃げられないかもしれない……

内心ビクビクしながら神野さんの前のソファーに座った。

「先日も話した通り、今から約二週間後、俺の誕生日パーティーがある。そこでだ。招待客の顔写真、簡単な経歴を記したものを用意したから、君にはこれを丸暗記してもらいたい」

手渡された封筒の中身を取り出すと、招待客の写真と経歴を記した紙が入っていた。厚みもあるので、覚えなければいけないことは相当ありそうだった。

「これ全部、ですか？」

「そうだ。俺の婚約者として君を紹介すれば、皆君に興味を抱き近づいてくるだろう。そうなった時、事前に相手の情報を持っていれば対処しやすいからな。俺や井筒が近くにいてフォローできればいいが、当日は挨拶《あいさつ》回りで君の側から離れることも多いだろう。その場合、君は一人でその場を乗り切らなければいけない。分かるな？」

神野さんの言葉に同意するように、彼の隣で井筒さんも大きく頷いている。

確かにこれを事前に覚えておくのとおかないのとでは、当日の対応に随分差が出ると思う。だとしたらやはり、ここは二人の言う通りに暗記しておいた方が身のためか……

私はその書類を手に、こくんと頷いた。

「分かりました。必ず当日までに覚えます。仕事の上で必要なことは、今後も完璧に身につけるよう努力します。だから……」

「だから？」

神野さんの鋭い視線が刺さる。でも怯《ひる》んでいられない、と私は意を決する。

「さ、昨夜のようなことは、勘弁してください」

思い切って願い出ると、彼の眉がピクッと反応した。

「お前の立場でそんなことが言えるのか？」

神野さんの鋭い眼光がひたと私を捉《とら》える。だけど自分の身を守るためには、ここで負ける訳にはいかない。

「け……契約した以上、あなたの婚約者としての役割はきっちり果たします。でも……あ、ああいったことは、必要ないと思います」

話をしている間、斜め向かいにいる井筒さんの反応が気になって仕方がなかった。だけど彼は、私の言葉を特に遮《さえぎ》るでもなく黙々とコーヒーを飲んでいるので、気にしないことにする。

「婚約者らしい親密な雰囲気を醸《かも》し出すには、ああいったことも役立つと思うが？」

「無くても大丈夫ですっ！　しっかりそれらしく振る舞います！」

「ほう……」

神野さんは考えの読めない視線を私に向ける。だけど、なんとしてもここで言質《げんち》を取らなくては！　私は必死に目で訴えた。

それが彼に伝わったのだろうか。神野さんがため息をつき、「いいだろう」と呟いた。

「そこまで言うなら、お手並み拝見といこうか」

ほっとしたのも束の間、神野さんがニヤリと笑って言った。

「だが、もしなにか問題を起こした時は、それ相応の代償を払ってもらうから覚悟しておけよ」

「は……はい！　ありがとうございます！」

ぐっと気を引き締めた私は、居住まいを正し神野さんに向かって頭を下げる。

――よ、よかった。これでとりあえずは、私の身の安全は守られるはず……

安心して自然と頬が緩《ゆる》む。そんな私を見ながら、神野さんが口を開いた。

「一つ、言い忘れたことがある」

「はい、なんですか？」

完全に緊張の緩《ゆる》んだ私は、何気なく神野さんに聞き返す。

「もう少し食って、肉を付けろ」

「……にく？」

言われた意味が分からず首を傾《かし》げる。神野さんは、それについてはなにも言わず立ち上がった。

「……以上だ。今日、このあとの行動に関しては井筒から聞くように。俺はもう出る」

そう言って、すたすたと足早にリビングを出ていく。その様子を見ていた井筒さんが、私をちらっと窺《うかが》う。その瞬間、あることを思い出す。

「あっ、お見送り……行きます！」

急いで立ち上がり、神野さんのあとを追う。すでに玄関で靴を履いている神野さんが見えた。

「行ってらっしゃいませ！」

急いで神野さんの近くに駆け寄り声を掛けると、彼の足が止まった。

「嫌いな男のために、無理して見送りになんか来なくてもいいんだぞ」

私が見送りに来ると思わなかったのか、神野さんが嫌味っぽく言う。

確かに昨晩はびっくりしたし、この人サイテーだって思った。

だけど、寝て起きて冷静になった頭で考えた結果、仕事を続けると決めたのだ。それが今現在、私の生きる道だから。お金を貯めて、大手を振ってこの家を出るその時まで、なにがあっても頑張る。そう決めた。だから……

「……いいえ、あなたと契約してここで頑張ると決めた以上、主人であるあなたをお見送りするのは私の役目です。それが、私なりのけじめですから」

きっぱりと言い放つと、神野さんの顔がなんだか面白いものを見るような、これまであまり見たことのないような顔になった。

「そうか。だったら、なんて言って見送るんだ？」

うっ……またきた、この流れ。

「い、行ってらっしゃいませ……ご主人様」

昨日言われた通りの言葉を口にすると、神野さんがクスッと笑う。

「上出来だ」

彼はひらりと手を上げて、家を出て行った。

私は、神野さんの出て行ったドアをじっと見つめる。

昨夜あんなことがあって、散々あの人のことを脳内で罵《ののし》った。ほんと、横暴で最低だと思う。だけど、一方的に私を踏みにじるようなことはしない人だ。昨夜も、私が本気で嫌がったらやめてくれたし、今日だって私の意見を聞いてくれた。きっと完全に話の通じない人ではないと思う。

だからだろうか。

あれ程最低な男だと思っていたのに、なぜかあの人のことを許せてしまう。

「自分でもそれがよく分からないんだよな……」

私は首を傾《かし》げ、しばらくの間、主《あるじ》の出て行った玄関のドアを見つめ続けた。

——朝食食べよ……

リビングに戻った私は、自分の朝食を食べるために再びダイニングテーブルの席につく。それを食べ終えたところで、ずっと新聞を読んでいた井筒さんが、家の鍵だと言ってカードキーをくれた。

「出かける時は、セキュリティのセットをしてから一分以内に玄関から出てください。それ以外のドアから出ますとセキュリティ会社のスタッフが駆け付けてきます」

「わ、分かりました……」

うっかりしてセキュリティスタッフが飛んでくるようなことになったら、滅茶苦茶怒られるぞ、これは。

一通り今日の指示内容を伝えた井筒さんが会社に行き、この広い家に私一人が残された。

「まずはこれだな」

先程渡された茶色の封筒には、神野さんの誕生日パーティーの招待客リストが入っていた。分かりやすく顔写真と経歴が纏《まと》められている。

それを一枚一枚確認しながら、顔と経歴を頭に叩き込んでいく。

こうして見ているとさすが大企業の御曹司の誕生日パーティー。招待客の顔ぶれも凄い人たちばかりだ。私でも知っている大企業の社長や重役。それに芸能人までいる。

「なんか、凄く場違いな気がしてきたんだけど……」

不安は募《つの》る一方だが、これもお仕事。やれるだけのことはやろう。

リスト全員の顔と名前と経歴をざっと頭に入れたあと、復習しながら家事に取り掛かる。

ざっと見たところ、掃除道具は雑巾とモップがあった。洗濯機のある小部屋に纏《まと》めて置かれていたので、きっと以前、勤めていた家政婦さんが使っていたのだろう。

この家は一週間に一度、清掃業者が入り満遍《まんべん》なく清掃をしてくれるらしい。だから家の中は綺麗に保たれているように見える。しかし侮《あなど》るなかれ。毎日清掃したって埃《ほこり》は溜まるのだ。

窓枠を指でなぞってみたら、はっきりと埃《ほこり》が付着する。

「よし、やるか……」

腕まくりをして気合を入れると、私はこのバカでかい家の中をざっと掃除していった。


掃除を終え簡単な昼食を取ったあと、再び招待客リストの暗記作業とマナーの勉強を始めた。神野さんに大言《たいげん》を吐いてしまった以上、完璧に覚えなければなにを言われるか分からない。

ひたすら集中していたら、いつの間にか日が陰っていた。思いのほか時間が経っていて、食料を買いに行こうと思っていた私の予定が狂う。

「まあいいか。冷蔵庫の中にあるものでなにか作ろう」

神野さんたちはどうせ外食だろうし、一人分だったらどうとでもなる。昨日作った肉じゃがも残っているし、とりあえず鍋でお米を炊こうかな。

私は招待客リストをキッチンの作業台に置き、暗記をしながら鍋を火にかけた。

さて、他になにを作ろうか。玉子焼きは私と井筒さんで食べてしまったし……

それにしても、まさか私の作ったものを二人が美味《おい》しいと言ってくれるとは思わなかった。

また玉子焼き作ったら井筒さん食べるかな。それともなにか別のものを作ろうか。

ここで、私の頭の中にポンッと神野さんの顔が浮かんだ。

……そういえば、神野さんってなにが好きなんだろう。よく考えたら、私あの人が食事をしている姿を一度も見ていない。浅漬けのきゅうりはうまいって言ってくれたけど、それ以前に私、神野さんのことなにも知らないや。

婚約者の振りをするのに相手のことをなにも知らないなんて、こんなんでちゃんと演じることができるのだろうか？

「こりゃー、神野さんが帰ってきたら質問攻めだな」

「なにをだ」

「ぎゃっ‼」

独り言に返事が返ってきて、私は反射的に悲鳴を上げて声のした方を振り返る。すると、すぐ近くに神野さんが立っていて、またもや「ひっ‼」と声を上げた。

「な、なんで……っていうか、いつの間に帰ってきたんですか！　気配消して近づくのやめてください よ！」

「……自宅で気配を消す必要があるか。俺がどうこうじゃなくて、お前が考え事をしていて気づかなかっただけだろう」

神野さんが呆れたようにため息をつく。

確かにそうなんだけど、いつからそこにいたんだろう……全然気がつかなかった。密かに動揺していると、神野さんが私に近づき手元を覗《のぞ》き込んでくる。

「料理をしながら暗記か。感心だな。まあ、あれだけきっぱりやると宣言したからには、これぐらいしないとな？」

神野さんが妖艶《ようえん》に微笑む。その顔になぜかドキッとした。

「なにを作っているんだ？　自分の食事か」

「あ……はい。今日は昨晩作っておいた肉じゃががあるので、とりあえずご飯を炊いています。それより、神野さん随分と早いですね」

「今夜は会食があってな。その前に一度戻って来たんだ。このあと、また出かける」

ネクタイを緩《ゆる》めながら、神野さんは気怠《けだる》そうに話す。疲れているんだろうか。なんだかちょっと顔色もよくない気がする。

「なにか飲まれますか？　それとも軽く食べられるものでも作りますか……」

「そうだな……その肉じゃがをもらえるか」

思いがけないリクエストに、私は目を丸くする。

「えっ!?　これ、ですか？　でも……完全な我流なので、神野さんのお口に合うかどうか……」

「構わん。それをくれ」

「分かりました……」

大皿から小皿に肉じゃがを移していると、神野さんが私の横にぴたりと並んだ。そしてあろうことか、私の脇腹に手を添えてくる。その瞬間、持っていた小皿を落としそうになった。

「ひゃっ⁉　な、なにするんですかっ‼　突然触るのやめてくださいよっ！」

私がそう言うと、腰に添えられていた彼の手がすぐに離れてほっとする。

「前もって申請すれば触ってもいいのか？」

「なっ……んなわけないじゃないですか！　申請されたって、ダメです……」

ニヤニヤしながら私の反応を楽しんでいる様子の神野さんに、ちょっと苛ついた。

くそー、これ完全に面白がられてる……

私は肉じゃがをよそった小皿を、箸《はし》と共に神野さんに渡す。

「本当に、さ、触ったりされるのは困りますっ！」

私から肉じゃがを受け取った神野さんは、表情を改めもっともらしく言ってくる。

「しかし婚約している恋人同士を演じるんだぞ。多少のボディタッチでいちいち狼狽《うろた》えていては、すぐに偽物とバレてしまうんじゃないか？」

「それは……確かに、その通りです。分かりました……これからは、多少のボディタッチにいちいち反応しないように気をつけます」

私が決意表明をすると、神野さんがフッと鼻で笑う。

「手っ取り早く慣れるために、今夜も俺のベッドに来るか？」

「なっ……それは謹《つつし》んでお断りしますっ‼」

うう……早速決意が揺らぎそう。

恥ずかしさで私が黙り込んでいる間、神野さんは小皿に盛られた肉じゃがをパクパク口に運んでいた。

「うまいな」

そう言われて、私は瞬時に神野さんを見る。

「えっ、本当ですか？」

「……俺だってうまいものは素直にうまいと言うぞ」

神野さんは心外そうに眉根を寄せる。その言葉に、ちょっと反省した。

――そうだ。私も反発ばかりしてちゃだめだよね。お仕事なんだし、ちゃんとそれらしく見えるよう振る舞わないと。

私は、鍋の蓋《ふた》を開けて、湯気の立つご飯をしゃもじで混ぜながら、神野さんをちらりと窺《うかが》う。

彼は肉じゃがを食べ終え、腕時計に目をやる。

「俺はそろそろ行く。帰りは遅くなるから、戸締まりをして先に寝てていいからな」

神野さんがダイニングチェアに掛けてあったジャケットを手に取り、ドアに向かって歩き出す。

見送りをしようと後ろからついていくと、突然くるりと振り返られた。

「明日の夜は早めに帰宅する。俺たちの分の夕飯も作れるか？」

言われた内容に、一瞬ポカンとしてしまう。けれど、すぐに私は、何度か首を縦に振った。

「は、はい……大丈夫です。あの、神野さん、好き嫌いはありますか？」

「特にない。しいて言えば甘いものが得意でないくらいだ」

咄嗟《とっさ》に頷いたのはいいが、御曹司である神野さんに食べさせる夕食ってなに？　もしかして、フルコースとか？　そんなの私に作れるわけがない。

どうしよう、なに作ればいいんだろう……頭の中がそのことでいっぱいになってしまった。

靴を履いて振り返った神野さんは、料理のことを考え中の私に柔らかい笑みを向ける。

「ではよろしく。行ってくる」

「い……行ってらっしゃいませ」

神野さんは軽く頷くと、開いたドアの向こう側へ消えて行った。私はその姿を見つめ、ぼんやりと呟く。

「ご主人様を付けるの忘れた……」

自分でも意外な程動揺したのだろうか。だって、あの人があんな風に柔らかい笑みを向けてくるなんて思わなかったし。それに、望めばどんな料理だって食べられる人が、私の料理を食べたいなんて言うから。

我ながら単純だけど、昨日はこの先の生活が不安でたまらなかったのが、今はなんとかやっていけるかもしれないと思い始めている。

とにかく今は、自分にできることを精一杯やろう。勉強も、料理も。

そう考えながら私はキッチンに戻り、明日の献立を考えることにした。

そして翌日の夕食時。味噌汁の味見をしていると玄関から物音が聞こえてきた。

「か、帰ってきた……？」

持っていた小皿を置き、エプロンで手を拭きながら玄関に行くと、神野さんと井筒さんが靴を脱いで家に上がるところだった。昨日宣言された通り、彼らにしては早めの帰宅だ。

「お帰りなさいませ！」

「ああ。食事の支度は？」

「できてます」

あれから必死で献立を考えたが、普段神野さんたちが食べているものがまったくイメージできなかった。仕方なく今朝、「私のレパートリーは我流の家庭料理なので、豪華な料理は作れない」と正直に申し出た。

すると神野さんからそれでいい、とあっさり言われてしまい、結局本当に質素な家庭料理を作ってしまった。

三人分の夕食を作るのは、両親が元気だった頃以来だ。私は少しだけノスタルジックな気持ちになりつつ料理をよそう。

「炊き立てご飯と、豆腐と葱《ねぎ》となめこのお味噌汁。もやしのナムルにポテトコロッケ、付け合わせはコールスローサラダです。どうぞ」

ダイニングテーブルについた神野さんと井筒さんの前に料理を置き、簡単に説明をする。

その間二人は、無言でじっと料理を見つめていた。

——だ、大丈夫かな……簡単すぎただろうか。

彼らの様子にちょっと心配になってきた頃、二人がおもむろに箸《はし》を取った。

「「いただきます」」

二人はまず、お味噌汁に口を付けた。一口飲んで、ほうっと息をついたのは井筒さん。

「美味《おい》しいですね。この味噌汁が寛さんの家庭の味なのですか？」

「あ、うちは特にコレと決めずにその時の気分でお味噌を変えていたんです。今日はちょっと甘めのこうじ味噌を使いました。私の好みなんですけど」

井筒さんと話してる間、神野さんは黙々と味噌汁を空《から》にし、ご飯茶碗を手にコロッケを食べ始めた。

私はなにも言わない神野さんが気になって仕方ない。

「あの……じ、神野さん、お口に合いませんでしたか？」

思わず、ハラハラしながら尋ねる私に、口の中のコロッケをゴクンと呑み込んだ神野さんが視線を向ける。

「……うまい」

それを聞いた瞬間、私の肩からドッと力が抜けた。

「よ……よかった……」

「玉ねぎとジャガイモだけのシンプルなコロッケだが、逆に素材の甘みが引き立っていてうまいな。揚げ方も絶妙だ」

「ありがとうございます……」

シンプルなコロッケを意識したわけではなく、単に貧乏性で具をたくさん入れられなかっただけなんだけどね……今日の夕飯の材料費が千円いってないって言ったら驚くかな……

特に聞かれないし、その辺については黙っていよう。

神野さんも井筒さんも、夕食を全部残さず食べてくれた。

夕食後、流しでお皿を洗っている私の隣で、井筒さんが拭いて片づけていってくれる。

「篁さんは、家事スキルをお持ちだったのですね。お若いのに素晴らしい手際です」

「ありがとうございます。うちの場合、私がやらないと死活問題でしたので……」

するとリビングのソファーに腰掛けて新聞を読んでいた神野さんが、ククと肩を震わせている。

なにが可笑《おか》しいのだろう？

「半ば脅《おど》された契約で、強引にこの家に連れて来られたのに、そういった仕事はきっちりやるんだな。面白い女だよ……まったく。それで、本来やるべき仕事の方はどうなんだ？」

「あ、はい。招待客の顔と名前はほぼ覚えました。明日マナーの先生がいらっしゃるので、これまでに覚えた内容をチェックしてもらう予定です」

「よし。家事ができるのは婚約者としてプラスではあるが、それだけでは俺の相手としては不充分だからな。しっかりやれよ」

釘を刺され、思わず顔がムッとしてしまう。

「お金をいただく以上、ちゃんとやりますよ」

つい反論してしまったら、神野さんはまたもや可笑《おか》しそうに笑う。ひとしきり笑ったあと、なにかを思い出したように「井筒、あれを」と井筒さんに声を掛けた。

「ああ、あれですね。お待ちください」

井筒さんが心得た様子で、部屋から出ていく。数分後、戻って来た彼の手にはショップのものと思われる紙袋が握られていた。

「それを彼女にやってくれ」

「はい。寛さん、これは神野と私からです。よかったら、家事の際にお使いください」

「えっ、私に？」

差し出された紙袋をおずおずと受け取る。そんなに重みは感じないけど、一体なにが入っているのだろう？

「見てもいいですか？」

中身が気になって、いてもたってもいられず、井筒さんにお伺《うかが》いを立てる。

「どうぞ」

袋の中に手を入れ、中に入っているものを取り出す。ビニールに包まれていたのは、モノトーンのワンピースのようだ。フリルが付いていて可愛らしい。

「洋服ですか？　ありがとうございます！」

「よく見てみろ」

すかさず神野さんの声が飛んでくる。

首を傾《かし》げつつ、ビニール袋から服を取り出して広げてみる。その瞬間、私の体から力が抜けた。

黒地のワンピースは、襟と首の辺りが白くなっており、襟元には黒のリボンが付いている。膝丈のスカートは裾に向かってふわりと広がるフレア。そして腰巻タイプのフリルの付いた白いエプロンが……って。

「これ、メイド服ですよね？」

感情を抑えた声で尋ねる私に、神野さんはこっくりと頷いた。

「家事をするなら作業着が必要だろう。遠慮なくそれを着て家事に勤《いそ》しんでくれ」

ここぞとばかりにニッコリと微笑むイケメン御曹司。

私は抵抗する気も起きず、「ありがとうございます……」と、まったく心のこもっていないお礼を言いつつ、紙袋の中にメイド服をしまったのだった。


そんなこんなで、私はメイド服に身を包んで神野邸の掃除や炊事をする一方、最初のミッションであるパーティーに向けて、毎日必死に自分磨《みが》きに勤《いそ》しんだ。

そして、パーティーを数日後に控えた日、マナーの総まとめのため神野邸に講師の女性がやって来た。

「本日もよろしくお願いいたします」

私に向かって丁寧にお辞儀をしたのはマナー講師の細野《ほその》先生。ショートカットがよく似合う細野先生は、立ち居振る舞いの美しい、上品な雰囲気の年配の女性だ。

私がマナーの勉強を始めてからは何度かこの家に出張してもらい、勉強の成果をチェックしてもらっていたのだ。

「こちらこそ、よろしくお願いいたします」

私も彼女を見習い、同じように会釈《えしゃく》をする。

「今日はパーティーが近いということで、これまでの勉強の成果を存分に発揮していただき、実践練習の総仕上げといきましょう」

「はい、お願いします！」

まずは、基本的な立ち居振る舞いから、ヒールを履いたウォーキングまでの最終チェックをされた。その後は、ダイニングテーブルで実際に料理を食べながらのテーブルマナーのチェック。

洋食の場合と、和食の場合、そしてデザートの食べ方を一通りさらっていく。さらに、その間には、自然な会話術もチェックされた。

「実際のパーティーは、立食形式と伺《うかが》いました。その場合、前菜から順にお皿に取るように注意してください。いきなりメインのお料理を取ってはいけません。また、どんなに美味《おい》しそうなお料理でも、取り過ぎは禁物です。よろしいですね？」

「は、はい。肝に銘《めい》じます」

先生に言われたことを必死に頭の中で繰り返していると、講義の間、ずっとリビングのソファーで仕事をしていた井筒さんがやって来た。

「細野先生、筧さんの仕上がりはいかがでしょうか？」

——うう……ここでダメ出しされたらどうしよう……！

井筒さんの言葉に思わず身を縮める。すると、細野先生が私を見て微笑んだ。

「基本を繰り返しよく勉強されていますね。一つ一つの仕草がとても自然です。私は合格点を差し上げてもいいと思いますよ」

「そうですか。それは神野も喜びます」

井筒さんが感心した様子で頷く。私は先生の口から出た「合格」という言葉に反応し、思わず立ち上がった。

「せっ……先生！　いろいろと、ありがとうございました！」

「ただし気を抜いてはダメですよ。常に背筋は伸ばし、人から見られているという緊張感を持って臨《のぞ》んでくださいね」

「はいっ、頑張ります！」

「念のため、ハイヒールでのウォーキングをもう一度やって終わりにしましょうか」

そう言って先生がにっこり笑う。

「はい……」

先生につられて笑みを浮かべるが、口元が若干引き攣《つ》ってしまった。

ハイヒールなんて履いたことのない私にとって、マナーの暗記よりこれが一番大変だった。かかとは常に靴擦れで真っ赤になり悲鳴を上げている。

だけど、合格点がもらえたことで私の中に安堵と共に少しだけ自信が生まれた。

――よし、かかとは痛いけど……頑張ろう。

本番のため、私は決意を新たに先生の指示に従うのだった。

ついに今日は神野さんの誕生日パーティー当日。

昨日は仕上げとばかりにエステに連れて行かれた私は、体の隅々まで徹底的に磨《みが》かれた。

人生初の全裸に紙パンツ一枚という姿を綺麗なお姉さんたちに晒《さら》し、機械と人の手で入念にマッサージをされた。さらに全身パックで、自分の肌とは思えない程、つるつるてかてかにしてもらう。

そのあまりの効果に、エステの凄さを実感した。

そして、今日は朝から神野さん行きつけのヘアサロンにお邪魔して、長い髪を巻いてもらい、綺麗にメークをしてもらう。そのお陰で、鏡に映った私は別人のようだ。

ラメの入ったシャドウと目の際《きわ》に少しだけ入れたアイライン。それにたっぷりマスカラのお陰で、ナチュラルながらぱっちりと存在感のある目元になっている。そして大人っぽいドレスに合わせて、リップの色はあえて赤みの強いものをチョイスされた。それにより、年相応の可愛らしさと、大人っぽい上品な雰囲気が絶妙にマッチしている。

ドレスは先日購入した、黒の大人っぽいショートスリーブドレスだ。アクセントとして、黒いレースの襟元に白のリボンがあしらわれている。デザインはシンプルだけど女性らしいシルエットをしていて、スタイルを良く見せてくれる。

――まあ、二十歳の私と今日で三十歳になる神野さんとじゃ、これくらい大人っぽくないと並んだ時に釣り合わないからね。

私の顔立ちはどちらかというと童顔だ。服装や化粧で工夫をしないと、恋人ではなく妹に見られてしまう。

仕事で婚約者を演じる以上、誰もが自然と納得する相手を演じなければならない。散々考えたあげく、細野先生や美容師さんに相談して今日の仕上がりに落ち着いた。

こうして庶民・寛沙彩は、御曹司の婚約者・寛沙彩に変貌を遂《と》げたのである。

日も落ちてきた夕方、そろそろ会場に赴《おもむ》く時刻になった。

全ての支度を整えリビングに顔を出すと、すでに神野さんは三つ揃いのダークグレースーツを着てソファーで待っていた。

「い、いかがでしょう……」

彼は無言で私を凝視したあと、おもむろに立ち上がって近づいてくる。

私は緊張でドキドキしながら彼の言葉を待つ。すると、目の前で立ち止まった神野さんが、くるりと巻かれた私の髪に触れた。

「……これはこれは。どんな魔法を使ったんだ？　お姫様」

「えっ……」

心なしか、私を見つめる神野さんの表情が優しい。

いつもの俺様ご主人様はどこへ行ってしまったのか。予想外の相手の反応に、こちらの方が困惑してしまう。

「魔法だなんて。私はただ座っていただけです。全て、その道のプロの方々が頑張ってくださったので……」

「プロは本来のお前の良さを引き出したにすぎない。これが本来のお前なんだ。……自信を持て」

面と向かってそんなことを言われては照れてしまう。自分の顔がじわじわ熱くなっていくのが分かり、私は視線を下に落とす。落ち着かない気持ちのまま、再び神野さんに視線を戻すと、彼は変わらず私を見ていた。

その視線に、私の心臓がドキンと大きな音を立てた。

私を見つめるブラウンアイ。だけどいつものそれとはなにかが違う。

それがなんなのか私にははっきり分からないのだけど、なぜか彼から目が離せない……

「そろそろ時間です。行きますよ」

井筒さんの声に反応した神野さんの手から、私の髪がするりと落ちる。同時に、私と神野さんの間にあった、得体のしれない緊張感みたいなものも霧散《むさん》した。

「よし、行くぞ」

「あっ、はい」

ジャケットの襟を正し、神野さんが私の横をすり抜けていく。私は慌ててダイニングテーブルに置いていたバッグを持ち、彼のあとに続いた。

井筒さんが運転する車の後部座席に神野さんと並んで座り、今日の打ち合わせをする。

神野さんの誕生日パーティーが催《もよお》される会場は、神野グループ傘下の会社が経営するフレンチレストランだという。

「人数が多い時はホテルの会場を借りるんだが、今回はごく内輪のパーティーだからな。こぢんまりした会場で充分だ」

「こぢんまりって言っても、私が見せてもらった招待客リスト、百人近くいたような気がするんですが……」

「……少ないだろ？」

違うのか？　とでも言いたげだ。

「もう私にはなにがなんだか。そもそもの基準が違いすぎて……私の話はスルーしてくださって結構です」

フン、と鼻で笑った神野さんがそれより、と話を続ける。

「招待客の顔や名前、経歴は覚えられたのか？」

「もちろんです。バッチリ頭に叩き込みました」

私が胸の辺りでグッと拳《こぶし》を作ると、神野さんが「そうか」と言って頬を緩《ゆる》める。

「約束だからな。まずは、お手並み拝見といこう」

そう言って意味ありげに笑う神野さんに、私の笑顔が引き攣《つ》った。

『だが、もしなにか問題を起こした時は、それ相応の代償を払ってもらうから覚悟しておけよ』

以前、交わした約束の条件を思い出し私の背中に冷たい汗が流れる。

——きっと、大丈夫だ。だって、今日のために精一杯のことをやってきたんだから。

そう自分に言い聞かせるものの、緊張で体が強張《こわば》ってしまう。そんな私に、神野さんはふっと笑って柔らかな声を掛けてきた。

「パーティーの最中に、もし一人で対処できないことがあれば、俺や井筒を頼れ。誰かと話している時でも構わない」

「……いいんですか？」

まさか、そんなことを言ってもらえるとは思わなかった。

――前は、脅《おど》すみたいなことを言ってたのに。いざって時になって、そんな優しく接してこられたら、調子が狂うよ……

どう返事をしていいか言葉に詰まってしまう。

「なにかボロを出して、お前が婚約者でないとバレることの方が俺にとっては問題だからな」

呆れる神野さんを見て、あーなるほど……と妙に納得した私。

「そ、そうですよね……分かりました」

なんか、今のやり取りで、いい具合に緊張がほぐれたような気がする。

そうこうしている間に、車は会場であるレストランに到着した。

そこは南仏の邸宅を彷彿《ほうふつ》とさせる、薄いオレンジ色の外壁が印象的なレストランだった。休日にはここを貸し切りにして披露宴《ひろうえん》を行《おこな》うカップルもいるそうだ。

神野さんが車から降りたのを確認して、私もゆっくりと車から降りる。慣れないヒールを履いている私の腰を、神野さんがさりげなく支えてくれた。

「今日は触っても騒がないな」

「当然です。お仕事中に騒いだりしません」

以前と違い、落ち着いて切り返す私に、神野さんがニヤリと笑った。

「いい心がけだ。頼むぞ、沙彩」

大きな手で腰の辺りをポンッと叩かれ、横に立つ彼を見上げる。

「神野さんこそ、ちゃんと婚約者らしくしてくださいよ？」

「誰に言ってる」

そう言って、神野さんが私にスッと腕を近づけた。

これは、腕を組めということなのだろうか……？

おずおずと差し出された腕に自分の手を絡《から》めると、満足そうに頷かれる。

「行くぞ」

「はい」

ついに、ついにその時が来た。ドキンドキンと早鐘を打つ心臓を意識しながら、私と神野さんは店の中に足を踏み入れた。

入った瞬間、目に飛び込んできたのは、煌《きら》びやかなライトに照らされた白を基調とした店内。大きな窓から覗《のぞ》く緑豊かな中庭には、白い立派な噴水が見える。

そしてフロアでは、見るからに上流階級の雰囲気が漂《ただよ》う、上品なドレスやスーツを身に纏《まと》った人々が歓談していた。

——何度もシミュレーションしてきたのに、いざ目《ま》の当たりにすると緊張する……！

庶民の私にとっては明らかに場違いな空間に、つい気が引けて足取りが重くなってしまう。

「……どうした」

隣にいる神野さんが私の変化に気づき、こそっと声を掛けてきた。

「き、緊張しちゃって……」

「……あのテーブルの上に載ってる料理だが」

「え、料理？」

急に話題を変えた神野さんが、テーブルを見るよう促《うなが》してくる。

立食式のパーティーのため、店内の一角に料理が並べられたテーブルが置かれている。そこに所狭しと並べられているのは、どれも私が食べたことのない色鮮やかで美味《おい》しそうな料理だ。

——テレビや本でしか見たことのない料理がたくさん！

「この店のシェフは本場フランスの有名店で修業した優秀なシェフだ。味は俺が保証する」

「神野さんが保証する味……!?」

そんなの、絶対美味《おい》しいに決まってる！

「ああ。今日を上手《うま》く乗り切れたらディナーを予約してやろう。お前が食べたいものを好きなだけ食べていいぞ」

「……っ!!　が、頑張りますっ……!!」

さっきまでの緊張はどこへやら。目の前にぶら下げられた魅力的な人参《にんじん》のお陰で、体中にやる気が漲《みなぎ》る。

——神野さん、私の扱いが上手《うま》いな。

集まった人たちはそれぞれグラスを手に持ち、歓談をしている。でも、神野さんがフロアの奥へ歩を進めるうちに、人々の視線が自然と彼に集まっていった。そして、彼と腕を組んで歩く私には、好奇心と嫉妬《しっと》の眼差しが痛いくらいに突き刺さってくる。

——だよね、そうなるよね……

チクチクとした視線に微《かす》かに笑みを引き攣《つ》らせていると、何人かの男性が神野さんに近づいてきた。私は心得たように、神野さんの腕から自分の手をそっと外す。

「沙彩、あとで皆に紹介するから。それまでなにか飲んで待っていてくれ」

注目を集めているせいか、いつもより神野さんの口調は優しい。それに合わせて、私も彼に柔らかな微笑みを返す。

「はい、分かりました」

するとスッと店のスタッフが近づいてきて、私にシャンパンの入ったフルートグラスを渡してくれた。

私はそれを持って、神野さんから少し離れた窓の側に移動する……一見すると窓の外を優雅に眺めているように見えるかもしれない。だが、今私が考えているのは別のことだった。

——どうしよう。私、一度もお酒って飲んだことないんだよね。正直、強いのか弱いのかも分からない……!!

うかつだった。こういった場にアルコールは必須であることをすっかり失念していた。私はシャンパングラスを見つめて、一人グルグルと考える。

もし私が酒に弱かったら、下手《へた》をすると、これまで必死に覚えてきたことが全て吹っ飛んでしまうかもしれない！　……いや、それより酔って騒いだりしたら台無しだ！

考えただけでブルブルと震えがくる。やめよう。グラスを持っているだけで、お酒を飲むのはやめよう。

そう自分の中で決めて、少し離れたところから神野さんを見ていることにした。

しばらくすると司会者がマイクを持ち、全員に注目するようアナウンスをする。

「……では、本日の主役であります、神野征一郎様にご挨拶《あいさつ》と乾杯の音頭《おんど》を取っていただきます。神野様、お願いいたします」

マイクスタンドの前に神野さんが立った瞬間、しんと会場に静寂が訪れた。

「本日はお忙しい中、私のためにお集まりいただき心より感謝を申し上げます。私事で恐縮ですが本日また一つ年を取りまして……」

神野さんが挨拶《あいさつ》をしている間、私は控えめに招待客へ視線を巡《めぐ》らせる。大体の顔に見覚えがあるのは、事前に顔写真を見て頭に叩き込んだからだろう。

ちょうどその時、遅れて会場内に入ってきた女性がいた。五十代くらいの上品な女性の顔を見て、私の背中がピンと伸びる。

——来た。神野さんのお母様だ。

クリーム色のスーツを身に纏《まと》い、パーマのかかったショートヘアを綺麗にセットしたお母様は、顔立ちがどことなく神野さんに似ていた。それとなく動きを追っていると、顔見知りらしい若い女性と笑顔で挨拶《あいさつ》を交わしている。

なんて考えていたら、いつの間にか、乾杯となった。

「……それでは皆様、グラスを手に」

神野さんがグラスを掲《かか》げる。

「乾杯」

彼の声に合わせて、会場にいる人たちからも「乾杯」と声が上がった。

人々がシャンパンを飲んでいるのを目にして、私もグラスにそっと口をつける。もちろん、飲む振り、であるが。

「大丈夫ですか？」

場内がざわざわし始めると同時に、私に近づいてきたのは井筒さんだ。心配して来てくれた彼に、私は小さく首を縦に振る。

「はい。今のところなにも問題は起こっていないです」

返事をすると、井筒さんの視線は私が手にしているシャンパンに移動する。

「お酒、飲まれました？」

「いえ、飲んでません。なにかあったら怖いので……」

私の答えに、井筒さんがゆっくりと頷いた。

「賢明な判断ですね。そのグラスをこちらに。代わりにソフトドリンクを用意しましたから」

井筒さんは私の持っていたシャンパンのグラスをひょいっと取り上げると、代わりにオレンジジュースの入ったコップを渡してくる。

「後程、あなたを奥様に紹介するタイミングで迎えにきますから、それまでなんとか持ちこたえてください」

鉄仮面で、あまり感情の読み取れない井筒さんだけど、今日は彼もちょっと緊張しているのか、やや早口で言ってきた。

彼も忙しいだろうに、私のことで余計な心配をさせてはいけないな、と改めて気を引き締める。

「大丈夫です。安心してください」

私がにこっと笑って見せると、井筒さんは少し安心したような、困ったような複雑な顔をした。

「むやみやたらと、その笑顔を振りまかないように。いらん手間が増えるだけですから」

「は？　意味がよく分かりません」

首を傾《かし》げる私に答えないまま、井筒さんは「では」と言って神野さんの方へ行ってしまった。

一人になった私は、細野先生から教わった綺麗な立ち姿のポイントを思い出していた。

——おへその下に意識を集中させて背筋を伸ばし、鎖骨を開くようにして軽く胸を張る……っと。

周りにいる女性たちの立ち姿を参考にしながら復習をしていると、私のすぐ横に、一人の男性がやって来た。

神野さん程ではないけど長身で、紺のジャケットに白いパンツを合わせている。爽《さわ》やかな印象の男性は、神野さんと同じくらいの年齢に見えた。

「はじめまして、ですよね？　僕、広田《ひろた》といいます」

私はその男性の顔を見て、自分の記憶と照らし合わせる。

——この人は、神野さんの大学時代の友人だ。広田……広田雅史《まさし》様。実家の会社を継いで現在は社長をしているはず。確か『広田建築設計』。性格は、好奇心旺盛《おうせい》っと。

「はじめまして。筧沙彩と申します」

私は微笑んで挨拶《あいさつ》をした。広田さんは、まるで私を品定めでもするように、頭のてっぺんから足の先まで、さりげなく視線を送ってくる。

「へえ……神野のやつ、こんな可愛い子を隠していたのか。どうりで女の子を紹介するって言っても、なびかないわけだ」

そうなんだ、そんな話もあったんだ。とりあえずここは、とぼけておこうかな……

「……なんのことでしょう？」

「ああ、いいのいいのこっちのこと。沙彩ちゃんは若く見えるけど、いくつくらいなの？」

「二十歳です」

ちょうどシャンパンに口をつけたところだった広田さんは、私の年齢を聞いた瞬間、ブッ‼　と小さく噴き出した。

「二十歳⁉　予想以上に、若いね！　……あいつ若い子が好みなのか？　あのさ、もしかして君、神野の彼女？」

うわっ！　随分ストレートに来た。

一瞬、返答に迷い、神野さんの方を見る。彼は年配の男性と談笑中で、私の状況にはまだ気がついていない。

――いいんだよね、私。今日は神野さんの婚約者としてここに来たんだもの。

心を決めた私は、広田さんへ向き直り、こくんと頷いた。

「はい、お付き合いをさせていただいています」

するとよほど驚いたのか、広田さんの目が大きく見開かれる。

「えっ、マジで⁉　マジで神野と付き合ってんの⁉」

「はい」

広田さんは口に手を当て、神野さんと私を交互に何度も見返したりして、かなりのオーバーリアクションだ。そんな怪しい動きをされたら、周りから注目されちゃうんですけど……

「二人のことはさ、もしかしてここにいる人間、まだ誰も知らないの？　それとも、今日この場で発表するつもりとか？」

「全て神野さんにお任せしているので、私にはなんとも」

これ以上いろいろ突っ込まれて騒がれるのはマズい。そう判断した私は、彼の質問をさらりと受け流した。しかし広田さんはここで会話を終えるつもりはないようで、ふー、と言いながらポケットから取り出したハンカチで汗を拭《ぬぐ》っている。

「いやー、びっくりしたわ。神野の奴め、俺の知らない間に、こんな可愛い子を捕まえてやがったのか。あとでキッチリ問い詰めてやる。それよりいいの？　招待客の中に、難波嬢《なんば》も来てるけど」

「難波さん、ですか？　どういった方なんですか？」

難波という名前を必死に思い出そうとするが、私がもらった招待客リストの中にその名前は無かったと思う。

すると広田さんがわざとらしく肩を竦《すく》め、私の耳元に顔を近づけてきた。

「難波っていうのはね、ずっと神野の婚約者の座を狙ってる、神野物産重役の娘だよ。本人も神野物産で働いてるんだ。知らないなら、教えてあげようか」

私が顔を向けると、至近距離で広田さんがニヤッと口角を上げる。

「ほら、あそこにいる……神野のお母さんは分かるかい？　その隣にいるのが難波嬢だ」

そう言って広田さんは私の両肩に手を乗せ、そのままくるんと私の体の向きを変えた。そこには神野さんのお母様と、小柄で美しい女性が立っている。

「あの方が難波さんですか……」

「そう。美人だろ？　あんな美人に言い寄られても全然なびかない神野って、男としてどっかおかしいんじゃないかって思ってたけど……君を見て理由が分かった気がするよ。神野は可愛いタイプが好きだったんだなあ」

さすがに神野さんの好みのタイプまでは分からないけど。それにしても広田さん、いつまで私に張りついているのだろう。これ以上神野さんとのことをあれこれ突っ込まれても困るし、そろそろ離れてほしいんだけどな……

私は、少しずつ広田さんと距離を取るように体を移動させる。すると左肩が誰かにぶつかった。

「あっ、すみません……」

すぐに顔を上げて謝ると、そこにいたのは神野さんだった。しかし、あまりご機嫌がよろしくないようで、眉間に皺《しわ》を寄せている。

「なにをやっているんだ」

「ご、ごめんなさい。ちょっと横にずれたらぶつかってしまって……」

不作法をしてしまったかと、即座に謝る。すると神野さんが即座に否定した。

「違う。お前に言っているんじゃない。広田、沙彩になにか用か？」

「いや、用って程じゃないんだけど……神野の彼女に、すげー興味があってさ。ちょっとお話してたんだ。ね、沙彩ちゃん」

神野さんの鋭い視線を受けた広田さんが、引き攣《つ》った顔で同意を求めてくる。

ね、と言われても……と思いながら、私は二人を見て頷いた。

神野さんは不承不承と言った様子でため息をつき、私の腰をグイッと引き寄せた。

「きゃ……!!」

なに、いきなりっ！

「……広田、沙彩は俺の女だ。手を出すなよ」

私の腰に手を回した神野さんが、広田さんをじろりと睨《にら》みつける。そんな神野さんに驚いて、私は言葉を発せずにいた。腰を抱いている彼の手を妙に意識してしまう。

――い、今、神野さん俺の女って言った……？

婚約者の演技だと分かっているのに、胸のドキドキが止まらない。

広田さんは神野さんの剣幕に慄《おのの》きながらも、笑って降参と両手を上げる。

「はいはい。端《はな》っから手を出そうなんて思っていませんよ。じゃね、沙彩ちゃん。神野に飽《あ》きたら、いつでも俺んとこに来ていいからね」

ヒラヒラと手を振りながら歩いて行く広田さんに、神野さんがチッと舌打ちをする。

「相変わらず軟派な奴だな」

なぜか苛ついている神野さんに、こっちはどう対処していいか分からなくて戸惑う。

「あの、私は特になにもされていませんので……」

おずおずと声を掛けると、切れ長の目がじろりと私を睨《にら》み付ける。

「体に触られていただろう」

「見てたんですか？」

「たまたま目に入ったんだ。それよりこっちにこい。お前を母に紹介する」

神野さんが私の腰を引き寄せ、大股で歩き出す。

ついにこの時が来たと、一気に緊張感が高まる。私は神野さんに促《うなが》されるまま、お母様のところまで連れて来られた。

「母さん」

美味《おい》しそうに料理を食べていた神野さんのお母様が振り返る。

「あら征一郎。それと……あなたは？」

そう言って、お母様がじっと私の顔を見つめてくる。

「こちら、筧沙彩さん。今俺がお付き合いさせていただいてる女性です」

神野さんがはっきり宣言した途端、私たちの周囲にいた人たちが一斉にこちらを見た。

「はじめまして、筧沙彩と申します」

私がぺこっと頭を下げると、私を見ていたお母様の頬が緩《ゆる》む。

「はじめまして、征一郎の母です。沙彩さん？　お若く見えるけどおいくつかしら？」

「二十歳です」

私が年齢を言うと、お母様の目がまん丸くなった。

「まああ、随分とお若いお嬢さんだこと……それで征一郎、このお嬢さんとは結婚を考えてるの？」

「もちろん。すでにうちで同棲してる。彼女は食事の支度も、掃除や洗濯もきちんとやってくれる素晴らしい女性だ」

私を見つめながら微笑む神野さんに笑顔を返す。内心では「演技！　演技！」と必死に自分を鼓《こ》舞《ぶ》し続けた。

「なんだ、ちゃんといい子がいるんじゃないの。もう、これまでどんなに言ったって、『今はそれどころじゃない』って突っぱねていたのに。だから私、三十歳を迎えた以上、なんと言われようがお見合いをさせようと、今日は気合を入れてきたのよ」

お母様は、ぱちぱちと瞬《まばた》きをしながら私と神野さんを交互に見ている。

――すぐには信じられない、って感じだな……大丈夫かな。いろいろ突っ込まれたりしないだろうか……

私がお母様の反応に内心焦り始めたところで、神野さんの手が再び私の腰をぐっと引き寄せた。

「俺には結婚を考えている彼女がいるので、見合いは結構です。いいですね？」

ここぞとばかりに釘を刺す神野さんに、お母様が肩を竦《すく》める。

「分かったわよ。それよりも沙彩さん……だったかしら？」

お母様が私の方に向き直る。

「はい」

「近々、ランチでもご一緒にどうかしら？　もちろん征一郎は抜きでね？」

「は、はい、ぜひ。よろしくお願いいたします！」

私が慌てて頭を下げると、お母様は満足そうに「じゃあ、連絡するわね」と微笑んだ。

「征一郎。せっかくこんな可愛らしい人捕まえたんだから、仕事ばっかりしていないで、沙彩さんを大事にしなさいよ？　私が結婚した時なんてねえ、お父さんったら仕事にかまけて私のことほったらかしにするもんだから、もう寂しくて……」

「母さん、その話はまた今度。沙彩を誘う時は井筒に連絡してくれ。じゃああとで」

思い出話を始めそうになったお母様を軽くいなし、神野さんが私を促《うなが》して歩き出す。私は急いでお母様に会釈《えしゃく》をして、彼のあとに続いた。

「あの……あんな感じで大丈夫でしたかね？　私ちゃんとできてましたか」

前を行く神野さんにこそっと尋ねると、彼は私を見て小さく頷いた。

「ああ。だがまだ安心はできない。母は絶対、近日中にお前をランチに誘ってくるぞ。しかも、俺抜きで」

「お、お母様と二人っきり……ハードですね……ボロが出ないようにしなきゃ……」

まだまだミッションは続くのか、と心の中でため息をつく。

すると招待客の男性がにこにこしながら神野さんに近づいてきた。

「神野、聞こえたぞ。ついに結婚相手を見つけたのか」

嬉しそうな男性に肩をぽんと叩かれ、神野さんが苦笑する。

「ああ。俺もそろそろ年貢を納めようと思ってね」

さっきの広田さんの時と違って、神野さんの表情が柔らかい。仲のいい友人なのかな？

私がぺこっと会釈《えしゃく》をすると、その男性も優しく微笑み会釈《えしゃく》を返してくれた。すると神野さんがおもむろに私の耳元へ顔を寄せた。

「沙彩、悪いが込み入った話があるんだ。少しの間、側を離れてもいいか」

「あ、はい。分かりました。どうぞ私に構わずごゆっくり」

「悪いな」

少し申し訳なさそうな顔をして、神野さんがその男性と話をしながらレストランの奥へ歩いて行く。それを見送った私は、肩の力を抜いて、ほうっと息を吐いた。

――あー、緊張した……

とりあえず、今日一番の課題であった神野さんのお母様との初対面はなんとか乗り切った。だが今度は、お母様と二人きりでランチをする、という新たなミッションが発生した。

これはどう考えても、私が神野さんの嫁に相応《ふさわ》しいか、直接見定めるためだろう。つまり今度は、それに向けての対策を練らないといけない。

でも思っていたよりも、神野さんのお母様は優しくて、いい人そうに見えた。そんな人を騙《だま》すのは、やっぱりちょっと気が引けるけれど……

でもこれは仕事だから。雇われている以上、私は完璧に仕事をやるしかないんだ。

そう気持ちを切り替えていると、人の気配が近づいてくる。

「あなたが征一郎さんの彼女？」

少し低めの女性の声が私の背後から聞こえた。振り返ると、さっき広田さんが教えてくれた「難波」という女性が目の前にいる。

さっき広田さんが言ってた、神野さんの婚約者の座を狙っているという女性だ。そんな人が私に声を掛けてくるなんて。一体なにを言われるのだろう……

「あの、あなたは？」

名字は知っているけれど、あえてそう尋ねる。警戒しながらも、それを極力顔に出さないよう笑顔で彼女の言葉を待った。

「はじめまして。私、難波富貴子《ふきこ》といいます。ごめんなさいね突然声を掛けて。さっき、神野の奥様とあなたたちの会話が聞こえてしまったの」

困惑気味の私の前でニッコリと微笑む、はっきりした顔立ちの難波さん。質の良さそうなドレスと、身に着けた装飾品からも、良家の令嬢であることが窺《うかが》える。

「そうですか。はじめまして、筧沙彩と申します」

普通に挨拶《あいさつ》をして会釈《えしゃく》をした。だけど、どうやら話はこれで終わりではないようで、難波さんは首を傾《かし》げながら私を見てくる。

「神野ビルではお会いしたことがありませんよね……失礼ですけど、どちらにお勤めですか？」

「ジェイ・ビルディングサービスという会社に勤めておりました」

嘘ではない。ただし、清掃バイトをしていたとなると、中には眉をひそめる人がいるかもしれないので黙っておく。

難波さんは会社名を知らなかったようで、眉根を寄せ考え込んだ。

「ジェイ……？　神野のグループ企業かしら？　なんせ数が多いから……で、征一郎さんとはどこで知り合ったのかしら？」

まさに根ほり葉ほりというやつだ。

「えっと……実は私、神野さんの秘書をしている井筒さんの遠縁にあたるんです。そのご縁もあって、神野さんが結婚相手を探していらっしゃるという話が、私のところまで回ってきたんです。それで、直接お会いする機会をいただき、意気投合してお付き合いすることになりました」

事前に井筒さんや神野さんと口裏合わせをしておいた、この模範解答。これで彼女が信じてくれればいいんだけど。

「ふうん……井筒さんの。あの人、なにを考えているのかよく分からなくて、私、苦手なのよね……」

あんまり納得してなさそうだけど、難波さんはその辺を深く突っ込むつもりはないみたいだった。

――よかった……これでこの場は切り抜けられるかな……？

ドキドキしながら難波さんの次の言葉を待つ。すると彼女は私を見てニッコリ微笑んだ。

「実は私、征一郎さんのことをずっとお慕《した》いしておりますの。できれば結婚したいと思っておりました」

いきなり直球で来られて、どう返事をしたらいいのか一瞬言葉に迷う。

「そ、そうでしたか……」

「こちらからお見合い話を持ちかけたこともありましたが、断られてしまって。だから私、あなたに興味があるんです。彼は、一体あなたのどんなところに惹かれたのか。きっと私には分からない、特別な魅力をお持ちなんでしょうね……」

難波さんは鋭い目つきで私を睨《にら》み、口元に嘲笑ともとれる笑みを浮かべた。

――これは、どう考えても「私の方があなたより神野さんに相応《ふさわ》しいのに、納得いかない」って、喧嘩ふっかけられてるよね……

この場をどう乗り切るか考えていると、私の腰に誰かの手が巻きついてきた。

「難波さん。本日は私のためにお越しくださってありがとうございます。ところで、先程から私の婚約者となにを話されているので？」

見上げると珍しく営業スマイルを顔に貼り付けた神野さんがいた。

「征一郎さん！　いえ、ただの世間話ですわ。征一郎さんと結婚される女性は、どんな方なんだろうと純粋に興味がありましたので……」

私がチラッと神野さんを見てどうしましょう、とばかりに苦笑すると、私の腰を抱く腕に力がこもる。

「そうですね……沙彩のいいところはたくさんありますが、家庭的なところに惹かれましたね。若いのにしっかりしていて、安心して家を任せられる」

神野さんが蕩《とろ》けるような目で私を見つめてきた。その目がやけに熱っぽくて、演技だと分かっていてもドキドキしてしまう。

「家庭的……それだけで彼女を選んだのですか？」

納得がいかない様子の難波さんが神野さんに問い掛ける。対する神野さんはそんな彼女に気づかない振りをして、むしろ楽しそうに笑った。

「では、はっきり申し上げましょうか。顔ですよ。沙彩の顔が、実に私の好みのタイプにドンピシャでしてね。恥ずかしながら一目惚れです。私はね、かつてない程、彼女に溺《おぼ》れているんですよ」

神野さんは私の髪を一房掴《つか》むと、口元に持っていってキスをした。

さっきから、神野さんのありえない程甘い言葉と、視線と行動に晒《さら》されて、私は今やショート寸前である。だがそれは、私だけではないらしい。

目の前の難波さんも、口をぱくぱくさせて呆気にとられながら私たちを見ている。

「じ、じんのさ……」

なんとか婚約者の演技を続けつつ、私の頭の中はもういっぱいいっぱいだった。

「ああ、そろそろなにか食べようか。では、難波さん。私たちはこれで」

「え、ええ……」

にっこりと微笑んだ神野さんが軽く会釈《えしゃく》をして難波さんから離れる。

そして私たちは並んで料理が置いてあるテーブルに移動した。手軽に食べられる料理を神野さんがいくつか皿に載せ、私に手渡してくれる。神野さんはというと、食べ物には目もくれず、店のスタッフから受け取ったグラスビールを一気飲みしていた。

「やれやれだな。これだから難波嬢は苦手なんだ」

ふう、と息を吐きながら神野さんが眉間を押さえる。

「だから、神野さんは難波さんからお見合いを申し込まれた時、断ったんですか？」

私の質問に、神野さんは小さく頷いた。

「彼女の親は神野物産の重役なんだが……事あるごとにうちの娘を嫁に、みたいなことを言ってくる。その都度、いろいろ理由を付けて突っぱねているんだが、相手もしぶとくてな」

そう言う神野さんの表情は、とっても苦々しい。だけど分からないことが一つある。

「なんでそこまで彼女との結婚が嫌なんですか？　見た感じとても綺麗だし、神野さんのことが凄く好きなんだって、私にも分かりましたけど」

そう尋ねると、神野さんがこれまで見たことがないくらいイヤそうな顔で私を睨《にら》んだ。

「さっきのやり取りで分からなかったか？　性格だよ。あんな性格の悪い女と結婚するなんて、無理に決まっているだろう」

あー、なるほど……

なんとなく神野さんの言ったことに納得できてしまった。

その後、特にハプニングもなくパーティーは無事に終了した。

帰り際、もう一度神野さんのお母様にご挨拶《あいさつ》に行ったら、「近いうちに、必ずランチに行きましょうね」と念を押される。笑顔で「楽しみにしています」と言った私の顔が、微妙に引き攣《つ》っていたのは仕方があるまい。

なにはともあれ、ヘマもせずなんとか今日という日を乗り切ることができて、私は安堵のあまり帰りの車の中で一気に脱力した。

――よかった……今日を無事に終えられて、本当によかった……!!

井筒さんの運転する車の後部座席で、私はぐったりとシートに凭《もた》れ掛かる。

「筧さん、お疲れ様でした。大丈夫ですか？」

運転席から井筒さんが私に声を掛けてくれる。

「だ、大丈夫です……ほっとしたら気が抜けてしまって……」

「なにを言っている。次から次へと男に声を掛けられやがって。ヒヤヒヤしっぱなしで、疲れたのはこっちだ」

ジャケットを脱ぎネクタイを緩《ゆる》めた神野さんが、ため息まじりに言った。

「そんなこと言われても、それは私のせいではないと思いますが……」

私が神野さんの婚約者だという話は、あっという間に会場に広がってしまった。そのため、神野さんが側にいる時もいない時も、ひっきりなしに声を掛けられたのだ。

祝福してくれた人もたくさんいたけど、中には神野さんの婚約者と知っていながら連絡先を聞いてくる男性や、難波さん程ではないにしろ嫌味を言ってくる女性なんかもいた。

だけど私が本当に困っていると、すぐに神野さんが飛んできてその場を取りなしてくれる。

なんだかんだ言いつつ、ずっと私のことを気にかけてくれていたことに素直に感謝の念が湧く。

神野さんって本当は、結構気配りのできる人なんじゃないかと見直してしまった。

「まあ、俺が思っていた以上に、お前に対する周囲の評判は上々だった。事前学習の成果が出たようだな」

「ほんとですか、よかった……‼」

確かに、あらかじめ招待客の情報を頭に叩き込んでいたお陰もあり、いきなり話しかけられても焦ることなくスムーズに会話ができたように思う。

最低限ではあるが、神野さんの役に立てたことが分かって、私は胸を撫で下ろした。

――仕事として契約した以上、ちゃんと結果を出したい。大げさかもしれないけど、私のこれからの人生がかかっているんだから。

その時、私はハッとあることを思い出した。

「そうだ！　神野さん、お誕生日おめでとうございます！」

急に彼の方を向いてそう言った私に、神野さんは目を見開いて固まった。

「……あ？」

「いえ。そういえば言ってなかったと思いまして。プレゼントとか用意できてなくて、すみません……でも、これからもお役に立てるよう精一杯頑張ります！　そうだ、ケーキなら作れますけど、食べますか？　あっ、ダメだ神野さん甘いもの苦手なんだった……」

自分で言い出しておいてしまった、となり私は肩を落とす。

目を丸くしながら私を見つめていた神野さんが、いきなり「はっ！」と言って噴き出した。

「プレゼントはいらない。それより、頑張ったお前になにかご褒美《ほうび》をやらないとな」

そう言って私の方に体を向けた神野さんがニヤッと口角を上げる。

「ご、ご褒美《ほうび》ですか……？」

ご褒美《ほうび》。その甘美な響きにつられ、シートに埋もれていた体を起こし神野さんを凝視する。

——なんだろう……はっ。もしかして……誕生日パーティーも無事済んだことだし、私をちょっとだけ自由にしてくれるとか……？　まさかとは思うけどお役御免《ごめん》、とか……!?

期待に胸を躍《おど》らせていると、私の考えを見透《みす》かしたように神野さんが呆れた顔をした。

「なにを期待している？　ご褒美《ほうび》は俺とのデートだ。日曜に好きなところへ連れて行ってやる」

「……デート、ですか……」

期待が外れてがっかりしたのが顔に出てたのだろう。

神野さんの表情からはっきりと苛立ちが滲《にじ》みだす。彼はガシッと私の顎《あご》を掴《つか》み、勢いよく自分の方に向けた。

「なに、あからさまにがっかりしてるんだ？　日曜日、行きたいところを考えておけよ」

「ふ、ふあい……!!　分かりまひた……」

至近距離にある神野さんの目を見て、私はコクコクと何度も頷いた。

御曹司のご機嫌は損《そこ》ねるべきではない。お勉強になりました。

第四章　初めてのデートです、ご主人様

「ご褒美《ほうび》」という名の神野さんとのデート当日。

目覚ましが鳴る前にベッドから起き上がると、私はうーんと体を伸ばす。

デートなんてするのは生まれて初めてのことで、どんな服装をしていったらいいのか、そこからもう分からない。

だから昨夜は、ネットで検索しまくって、デートに関する情報を手当たり次第に収集した。

それで分かったのは、デートの服装一つ取っても、付き合いたてかそうじゃないかで違うらしい。

それに、アウトドアならこれ、ショッピングならこれ、芸術鑑賞ならこれ……みたいにいろんなパターンがあるみたいなのだ。

自分たちは恋人同士ではないし、調べれば調べる程、一体どのパターンに当てはまるのか分からなくなる。

クローゼットを開けたまま、しばらく悩んだ結果、どのパターンでも無難なワンピースを選んだ。

膝上丈の淡い桃色のAラインワンピースは、自分としてもお気に入りの一枚だったりする。

美容師さんに教わった通りにメークをして、人気のあるヘアスタイルに巻き髪があったのでコテを使って毛先を巻いた。こうして「神野征一郎の婚約者・筧沙彩」が出来上がる。

ご褒美《ほうび》と言われたけど、やっぱり一緒に出かける以上は神野さんの婚約者スタイルで行くべきだろう。どこで誰が見ているか分からないし、極力それらしく見えた方がいいと思うから。

支度を済ませてリビングに行くと、神野さんがソファーに腰掛け新聞を読んでいた。

今日の神野さんの出で立《い》ちは、黒のVネックカットソーにベージュのチノパンという、かなりカジュアルな格好だ。元々背が高くてスタイルがいいから、なにを着ても似合うのが憎らしい。

「お待たせしました」

私が声を掛けると、こっちを見た神野さんは読んでいた新聞を閉じてバサッとテーブルに置いた。

「よし、行くか」

立ち上がった神野さんがすたすたと玄関に向かう。そんな彼のあとに続くと、ダイニングテーブルにいた井筒さんが「お気をつけて」と声を掛けてきた。

「あれ？　井筒さんは一緒に行かないんですか？」

何気なく質問した私に、神野さんが振り返った。

「デートだからな。今日は俺とお前、二人だけだ」

神野さんの言葉を肯定するように、井筒さんがこくんと頷いた。

「そ、そうなんですか……」

これまで出かける時は大概井筒さんが運転手を務めていた。だから今日も、デートとはいえ井筒さんも来るものだと思い込んでいた。

——うわー、本当に神野さんと二人っきりで出かけるんだ……

その事実に気がつくと、急に緊張してきた。

――二人っきりでどうしたらいいんだろう。会話だって、なにを話せばいいのか……

車を持ってくるからここで待っていろと言われ、玄関先で神野さんを待っていると、見たことのない黒い大きなＲＶ車が目の前で停まった。

「乗れ」

少し開いた助手席の窓から神野さんの声がする。私は言われるまま、車の助手席に乗り込んだ。

「行きたいところは？」

「あっ……」

いきなり言われて言葉に詰まる。ここ数日行きたいところをいろいろ考えていたのだが、本当にそれを神野さんにお願いしてもいいのか悩む。

「あるにはあるんですけど……でも神野さん、絶対興味ないと思います」

私が申し訳なさそうに言うと、神野さんの形のいい眉がくいっと上がった。

「なんでそう言い切れる。分からないだろ、言ってみろ」

「本当ですか、子供っぽいって笑いませんか……？」

「いいから言え」

神野さんの表情に苛立ちが表れ始めたので、私は観念する。

「どっ……動物園に行きたいです……」

すると案の定、神野さんが私を見て固まった。

――ううっ、だから言ったのに。

「やっぱりいいです、今のナシで！　じゃあ、美術館とかどうですかっ？　今やってる絵画展は凄く人気があるってネットで……」

「……少し距離はあるが、大きい動物園の方がいいか？」

思いがけない彼の言葉に、私は目を見開いた。

「へっ!?　い、いいんですか？」

「行きたいんだろ」

こんなことは大したことでは無いと、神野さんは特に表情を変えない。

「……はい、あの……大きい動物園に行きたいです……」

「分かった」

前を向いた神野さんが、静かに車を発進させた。

本当にいいのかな、と思いながら、私は神野さんの隣で身を縮める。

神野さんの婚約者を演じるつもりなら、もっとおしゃれな街でショッピングとか、シーサイドレストランで食事とかの方がよかったのかもしれない。……だから本当に、私の行きたい場所に連れて行ってもらえるなんて思わなかった。驚いたけど、嬉しい……

一般道から高速に乗り、途中サービスエリアに立ち寄って飲み物を調達した。そしてまた走ること二時間くらい。気づいたら周囲を山に囲まれた自然豊かな場所に来ていた。

どんな動物園だろうとワクワクしていたら、サファリパークと書かれた看板が目に入る。

「……もしかして、サファリパークがあるんですか？」

「ああ。もうすぐだ」

神野さんの言う通り、しばらく山間《やまあい》の道を登っていくとサファリパークのゲートが見えてきた。

動物園は子供の頃に行ったことがあるけれど、サファリパークなんて初めて来た。

どうしよう、凄く嬉しい。

「神野さん……！　あ、ありがとうございます、嬉しいです……!!」

運転席の神野さんに向かって素直にお礼を言うと、彼は口の端をくっと上げた。

「ご褒美《ほうび》だからな」

本当に私にご褒美《ほうび》をくれるつもりで連れて来てくれたんだ。

そう思ったら二人きりの緊張感が少し緩《ゆる》み、私は神野さんに微笑み返した。

ゲートをくぐり、車に乗ったまま料金所で一旦停車する。そこで園内を自家用車で回るか、バスなどに乗り換えるかを選択するようだ。

「まれに動物が車の上に乗ってくることがあるってネットで見ました。バスに乗り換えますか？」

神野さんの高級車になにかあってはいけないと思い、そう申し出る。

「それくらい別に構わないだろう。このままでいいか？」

「は、はい。私はどちらでも大丈夫です」

神野さんは「車で」と係員に告げ、入園料を支払った。

レンタルした有料のガイドラジオをフロントに置くと、そこから園内説明のアナウンスが流れ始める。

「凄いですねこれ。ちゃんと私たちがいるところに合わせて、その場所に関する説明を流してくれるんですね」

「人工衛星を利用しているみたいだな」

パンフレットに目を通しながら、神野さんが呟く。

「神野さんもサファリパークは初体験ですか？」

「いや……昔来たことがあると思うんだが。昔のことすぎて忘れた」

そうなんだ、神野さんもこういうところに来たりするんだ。なんて考えていたら、いきなりキリンやシマウマに遭遇した。

「凄い!!　本物のキリンだ！」

随分と久しぶりに直接動物を見た私は、感動に打ち震える。

「あっ、神野さん、こっちに近づいてきますよ」

「そうだな」

興奮して思わず神野さんに同意を求めると、彼は笑みを浮かべながら動物を眺めていた。

今の神野さんからは、いつもと違う柔らかな雰囲気が漂《ただよ》っている。表情もこれまで見たことが無いくらい優しい。こんな彼を見るのは初めてで凄く新鮮に感じた。

――神野さんも結構楽しんでるっぽい？　正直に動物園に行きたいって言ってよかったかも……

せっかく神野さんがくれたご褒美《ほうび》だ。今日は目いっぱい楽しもう。

その後車は、ウォーキングサファリゾーンという、自由に動物と触れ合えるゾーンにやって来た。

駐車場に車を停め、私たちは車を降りる。私の前を歩く神野さんの身長は、おそらく百八十数センチメートルはある。そんな彼が大股で歩くと、整った見た目も相まってかなり迫力があった。ふと気づくと、動物ではなく神野さんを見ている女性もちらほらいる。

凄いな神野さん。動物より注目浴びちゃってるよ。

神野さんの広い背中を眺めていると、不意に彼がこちらを振り返った。

「お前、こういうところにはよく来たのか」

「よくでもないです。子供の頃は何度か家族で動物園や水族館に行きましたけど、小学校の高学年になる頃、父が借金を背負ってしまったので。家族でどこかへ行ったりとか、ほとんどなくなっちゃいました」

借金を背負うことになった我が家だが、両親はそれにめげることなく懸命に働いた。あと少しで完済、というところで母と父が相次いで亡くなり、一人残された私は相続を放棄して借金を清算した。

「お前、よくそれでグレたりしなかったな」

神野さんが、しみじみと私を見てくる。グレる……そうか、そんな選択肢もあったのか。だけど当時の私は、そんなことを考えもしなかった。

「グレたって借金が減るわけじゃありませんし。それに私、両親のことが大好きだったんです。理不尽に背負わされた借金にも悲観せず、毎日頑張って働く二人の背中を見て育ったので。……だから、どんな状況でも常に前を向いていられるというか」

するとと神野さんの手が、私の頭をくしゃっと撫でた。

「……いい育てられ方をしたんだな」

「あ、りがとうございます……」

褒《ほ》められたことに驚きながら、私は撫でられてちょっとだけ乱れた髪を整える。

「なるほどな。割った壺の弁償代わりに無理矢理婚約者に仕立て上げられたり、有無を言わさず同居させられたり……傍《はた》から見たら、随分な目に遭ってるっていうのに、嬉々として家事とかやり始める図太さはそこからきているのか。ホント、面白い奴だよ」

神野さんが私をちらっと見てからフッと笑った。

「面白いですかね……？」

自分ではそんなつもりはさらさら無いんだけど。ただ、自分の置かれた環境で、できることを精一杯しているだけだ。

「少なくとも、俺は今回の婚約者役をお前に頼んだのは、間違いじゃなかったと思っている」

不意に口にされた囁《ささや》きに、思わず彼を見上げた。だけど神野さんは、もう前を向いてしまっていた。

——そんなこと言われたら嬉しいじゃないか。

思い返せば、無茶苦茶な契約を結ばされたり、いきなり襲われたりと随分な目に遭った。そのたび神野さんに腹が立ったし、最低だって思った。だけど、さっきみたいに優しい言葉を掛けられたりすると、それまでの彼に対するイメージが少しずつ覆《くつがえ》されていく。

私は足を速めて、神野さんの横に並ぶ。そのまま彼と歩幅を合わせて一緒に歩き出した。

順路に沿って広い園内を見て回るうちに、ちょっとお腹が空いてきた。

無意識にいい匂いがしてくる露店を見ていたら、目ざとく神野さんに気づかれてしまう。

「腹が減ったのか？」

「え、あの……少し……」

すると、頷いた神野さんに露店へ連れて行かれる。そして、焼き鳥やフランクフルトなどを購入し、軽く空腹を満たすことになった。

まさか、神野さんがこういったファストフードを食べるとは思わなかった。

「神野さんって、意外となんでも食べますよね」

ベンチに腰掛け、フランクフルトを齧《かじ》りながら言うと、神野さんがちらっと私を見る。

「金持ちのボンボンだからって、高級な物ばかり食べているわけじゃない」

私の隣で焼き鳥を食べている神野さんが笑った。

「そういえば、私の作る料理も残さず食べてくれますもんね……」

神野さんの言い分に、うんうんと納得する。

私が食事の支度をするようになってから、外食中心だった神野さんの食生活は変化したように思う。朝は一緒に食べるし、会食が入っていなければ夕飯も家で取るようになった。

私が作るのは本当に我流の庶民料理だ。それこそ、三人分作るのに、千円かかるかかからない程度の安価な料理ばかり。

それなのに、神野さんも井筒さんも、文句も言わずに残さず食べてくれるのだ。

ほんと、知れば知る程この神野征一郎って人は、よく分からない。

俺様で強引で、いきなりシャワーを覗《のぞ》いてきたり、手を出そうとしてきたりするし。かと思えば、ご主人様とか言わせて、メイド服まで買ってくるし。

だけど――

頑張ったご褒美《ほうび》だと言って、私の希望を聞いてくれたりする優しいところもあるんだよね……

つい二週間前は、神野さんに対してサイテーとか思っていたはずなのに、今の私の中には、その感情はもう見当たらない。

それどころか、一緒に過ごしていて楽しいとか思っちゃってる。

付き合ってみないと、人って分からないものだよね。

「さっき見たライオンは迫力あったな……顔の傷が痛々しかったが」

「ほんと……近くで見ると、凄く顔が大きかったですよね……口が大きくて怖かったです……って、そういうことじゃない？」

「お前は、どこか論点がずれてるんだよな……そこがまた可笑《おか》しいんだが」

神野さんにクスッと笑われる。なんだそれ、失礼な……！

「ええと、動物がいるところは一通り回りましたけど、このあとはどうします？　井筒さんのお土産《みやげ》でも買いに行きますか」

「ん？　ああ。そうだな」

ベンチから立ち上がった私たちは、パーク内のお土産《みやげ》コーナーに行ってみることにした。

そこは私たちと同じようにお土産《みやげ》を買い求める家族連れやカップルで賑《にぎ》わっていた。

そういえば井筒さんって、なにが好きなんだろう。

疑問に思った私は横を歩く神野さんに尋ねてみる。

「井筒の好み？　あいつは特に好き嫌いもないし、なんだって食べるぞ」

「……井筒さんと神野さんって仲が良いですよね。やっぱり付き合いも長いんですか？」

何気ない私の質問に、神野さんが立ち止まる。

「そうだな。かれこれ二十年の付き合いになるか。子供の頃に親から紹介されて、それからずっと一緒にいるからな。もう兄弟みたいなものだ」

確かに井筒さんと神野さんって、言葉はなくともお互いに分かり合っている感じがする。

そんな存在がいるっていいな。

「いいですね。私、兄妹も仲の良い従兄弟《いとこ》とかもいなかったから、羨《うらや》ましいです。年齢からすると井筒さんがお兄さんで、神野さんが弟になるのかな？」

「確かにあいつの方が年上だが……それより、さっきから井筒のことばかり話題にしてくるが、お前の婚約者は俺だろう」

「えっ」

思わず横にいる神野さんを見上げる。すると私をじろりと一瞥《いちべつ》してから、ふいっと顔を逸《そ》らされた。

――えっと……これはどういう反応をすればいいんだろう……？

「ところで、この店には、こんな安っぽい菓子やぬいぐるみしかないのか？」

私がリアクションに悩んでいると、そう言って眉根を寄せる神野さん。どうやら彼は、慣れない空間にご機嫌斜めのようである。

仕方ないな、と思いながら、私は「当パーク一番人気！」と書かれたクッキーの箱を手に取った。

「なに言ってるんですか、よく見てくださいよ！　このお値段で、こんなにたくさん枚数が入ってるんですよ。これ一箱で、たくさんの人に行き渡るじゃないですか。一人で食べるなら高級菓子もアリですが、ここはお土産《みやげ》コーナーですからね」

私の説明を黙って聞いていた神野さんが、納得したように小さく頷いた。

「確かに、それはそうだ」

その様子を見ていた私は、途中でハッとする。雇われた人間が、雇い主に向かってなにを偉そうに意見しているんだ。

「す、すみません、出過ぎたことを言ってしまって……」

「いや、いい。参考になった」

身を竦《すく》める私を特に気にすることもなく、神野さんは店内の商品を見ながらスタスタと歩いて行く。私はその背中を見送りつつ、井筒さんへのお土産《みやげ》を考えるのだった。

悩んだ末に、結局この園で人気があるというチーズケーキとクッキーを買って帰ることにした。井筒さんは喜んでくれるだろうか。そんなことを考えながら、私たちは再び車に乗り込んだ。

「神野さん、今日は本当にありがとうございました。連れてきてもらっただけでも嬉しいのに、入園料も井筒さんへのお土産《みやげ》も、全部支払っていただいてすみません……」

「そんなのは当たり前だ。お前に金を使わせたらご褒美《ほうび》にならないだろう」

それでも井筒さんのお土産《みやげ》くらいは私が、と思ったのに神野さんは俺が払う、と言って頑《がん》として譲らなかった。

申し訳ないと思いながら、そんな神野さんの優しさが素直に嬉しかった。

楽しい時間は、あっという間に過ぎてしまうな。来た道を戻りながら、私は今日のデートを思い出し車の振動に身を任せる。そのうちに、いつの間にか眠ってしまっていた。

そして、次に目を覚ました時、車はすでに都会に戻ってきていた。

「……ん……すみません、神野さん。私、寝ちゃってました」

「ああ。別に構わない。歩き回って疲れたんだろう」

神野さんは前を向いたまま、穏やかに答えてくる。

「……あの、このあとって家に帰るんですよね？　今晩、なにか食べたいものありますか」

せっかくだから今日のお礼に、神野さんが好きな料理を作ろうかな。

そう思って彼に尋ねてみたものの、すでに時刻は夕方六時を回っていた。これから買い物をして作るとなると少し遅くなりそうだ……などと考えていると、神野さんが「いや」と言って私をちらっと見た。

「夜はレストランを予約している」

「え、そうなんですか？　でも……」

私の希望で予想外のロングドライブになってしまったというのに、忙しいこの人の時間を夜まで使わせてしまっていいものだろうか。躊躇《ためら》う私に神野さんがぴしゃりと言い放つ。

「昼間はお前の希望に応《こた》えたんだ。このあとは俺に付き合え」

「……はい」

有無を言わさぬ神野さんの口調に、私は思わず頷いてしまった。それを見た神野さんが、満足げに頬を緩《ゆる》める。

しばらくドライブを楽しんだあと、私が連れてこられたのは有名な外資系の高級ホテルだった。

「え……じ、神野さん、ここ、ですか……？」

「ああ」

慄《おのの》く私に構うことなく、流れるように車をホテルの車寄せに停めて、神野さんが運転席から降りる。それを見て、私も急いで車から降りた。神野さんは慣れた様子で車を預けホテルの入り口まで行くと、立ち止まって私に曲げた肘を差し出してくる。

「ここは、神野家の人間がよく利用するホテルなんだ」

「そう、なんですね」

なるほど。ここから先は仕事の一環か。それならばと私は気持ちを切り替えて、神野さんの腕に自分の腕を絡《から》める。そんな私の様子をじっと見守っていた神野さんが、ふ、と鼻で笑う。

「さ、行くぞ」

女性のエスコートなどお手のものなのか。堂々と歩く神野さんを、通りすがりの人たちがチラチラと見ていく。

はっきり言って、神野さんは目立つ。目鼻立ちがくっきりした美形だし、背も高い。それにスーツ姿だと目立たないけど、私服になるとその均整のとれた肉体美がよく分かる。薄手のシャツ一枚の時なんか、胸板の厚さに驚いてしまったくらいだ。

どうやら朝早くに家を出て、仕事の前にジムへ行っているらしい。知ったのはつい最近のことなのだが。

そんなことを考えているうちにレストランに到着した。神野さんが予約してくれたのはフレンチレストラン。見るからに立派な店構えに、私はつい怖《お》じ気《け》づいてしまう。

「フッ、フレンチ、ですか!?」

「そうだ。嫌いか?」

私は思わず視線を泳がせる。

「嫌いというか……フランス料理なんて高級な料理の代名詞みたいなものは……私の人生にまったく縁がなかったので……」

「何事も経験だ。俺の母親とのランチでこういった場所に行くかもしれないだろう。ほら、行くぞ」

神野さんは私を連れて店内へ入っていく。にこやかに対応してくれたスタッフに、私たちは窓際の席に案内された。椅子を引いてもらうなんていうサービスを受けるのも初めての私は、明らかに場違いなこの空間に、緊張しすぎて口から心臓が飛び出してきそうだ。

「じっ、神野さん、私こういったところ初めてでどうしたらいいのか……」

マナーの一環で一通り勉強したものの、実際に感じる店の雰囲気はやはり違う。

「心配しなくても大丈夫だ。料理はもう決まってるからな。お前は目の前に運ばれてきた料理を、ただ美味《おい》しく食べればいい。マナーは習ったのだろう？」

「はあ……それなら大丈夫かな……」

あからさまにほっとした顔をした私に、神野さんがプハッと噴き出した。

「考えてることが顔に出すぎだ。面白い奴だな」

「仕方ないじゃないですか。……笑うなんて失礼ですよ」

私が少しだけムッとする。神野さんは悪いと言いつつ、また笑った。

――もう、笑いすぎ……！

私が心の中で神野さんに文句を言っていると、早速料理が運ばれてきた。

白く細長い皿に、丸いシュー生地《きじ》が三つ綺麗に並んでいる。サーブしてくれたスタッフによれば、それぞれ中に違うものが入っているのだそう。手でつまんでお召し上がりください、と言ってスタッフは去って行った。

「アミューズ・ブーシェ。店によって毎日変わる前菜前の一品だ。さ、食べてみろ」

神野さんに促《うなが》され、私は三つあるうちの一つをつまんで口に入れた。柔らかなシュー生地《きじ》を噛むと、中に入っていたものが口の中いっぱいに広がる。

「ん！　これ……中はサーモンとイクラです。爽《さわ》やかな味付けで凄く美味《おい》しい」

少し燻《いぶ》された香りがするからスモークサーモンだろうか。レモンの効いたドレッシングと和《あ》えてあって、生臭さもなく爽《さわ》やかな後味だ。

「うまいか？」

神野さんがニヤニヤしながら私に問いかけた。

「はい、美味《おい》しいです！」

つい即答してしまう私。神野さんは「それは良かった」と、満足そうに微笑む。

その後も前菜、スープ、メインの魚料理、と続く。どれも見た目が美しくて食べるのがもったいないくらいだった。でも、もの凄く美味《おい》しいから、あっという間になくなってしまう。

初めての高級フレンチに緊張しつつ、頭をフル回転させて覚えたマナー通りにナイフとフォークを使っていく。すると、食事の手を止めてこちらを見ている神野さんと目が合った。

「……あの。どこか間違ってますか……？」

もしかしてなにか気になることでもあるのだろうか。私が小声で尋ねると、神野さんが首を横に振る。

「いや、問題ない。これなら母とのランチも大丈夫だろう」

「本当ですか？　よかった……！」

太鼓判を押してもらえてほっとした。神野さんが大丈夫と言うなら、お母様とのランチもきっと大丈夫だ、と、私の中に自信が生まれる。

そうして、美味《おい》しい料理を堪能し、最後にデセール——フランス料理のデザートにあたる、ピスタチオのアイスクリームを食べ終えると、改まって神野さんに一礼した。

「神野さん、今日は本当にありがとうございました。なんか……なんて言っていいか分からないんですけど、本当に楽しい一日を過ごさせてもらって、心から感謝してます」

急に真面目にお礼を言ったりしたので、驚かれてしまったらしい。神野さんは飲もうとしていたコーヒーのカップを、ソーサーに戻す。

「……言っておくが、まだこれで終わりじゃないぞ」

「え？」

するとと神野さんがスタッフを呼び、なにかひそひそと話し始める。首を傾《かし》げて見ていると、会話を終えた彼が立ち上がった。

「行くぞ」

「あ、はい、ご馳走様でした」

戸惑う私を連れて神野さんが向かったのは、ホテルの最上階にあるバーだった。薄暗い店内は奥に行く程広く、テーブル席が多い。カウンターではバーテンダーがシェイカーを振っていて、私はつい目新しさに見入ってしまう。

——テレビとかでは見たことあるけど、生で初めて見た。

まだ時間はそんなに遅くないので店内にいる人はまばらだが、見るからに大人の空間だ。

カウンターも空いていたが、神野さんは夜景の見える窓側の席に私を誘い、窓に向かって並んで座った。

「俺は今日、酒を飲まないが、お前は好きに飲んでいいぞ」

ソファーの背凭《せもた》れに体を預けながら、神野さんが私にメニューを手渡す。

「好きに、と言われてもですね……私、これまでお酒を飲んだことがないので、よく分からなくて」

素直に白状したら神野さんがああ、と言って微笑んだ。

「だからこの前のパーティーで、シャンパンを飲まなかったのか。それなら……ごく弱いものから試してみるか？」

「お任せします」

スッと手を上げ、スタッフを呼んだ神野さんがオーダーしたのは、ファジーネーブル。

「ピーチリキュールとオレンジジュースのカクテルだ。甘口で女性好みだと思うぞ」

神野さんの説明を聞いて、それなら大丈夫そうだと思っていると、目の前にロンググラスが置かれた。輪切りのオレンジが添えられていて、凄くおしゃれだ。

「見た感じは、オレンジジュースみたいですね」

「だが、一気飲みはするなよ。飲むのは少しずつだ」

神野さんの注意を受け、私は一口カクテルを飲んだ。オレンジジュースの味が口の中に広がり、ほんのりピーチの香りがする。最後にアルコールなのか独特の味がした。

「うん、美味《おい》しいです。それに見た目も可愛くておしゃれですね」

「そうか」

初めて飲んだカクテルの感想を素直に伝えたら、神野さんに微笑まれた。

「……神野さんは、こういうところによく来るんですか？」

神野さんは炭酸入りのミネラルウォーターの入ったグラスに口を付けると、それをコースターの上に置いた。

「たまにな。酒を飲みたくて、というよりゆっくり会話を楽しみたい時には、こういった落ち着く場所の方がいい」

「確かに神野さんには、大衆居酒屋のイメージがまるでありませんもんね」

「お前の中で、俺は一体どんなイメージなんだ」

面白そうに聞かれて、咄嗟《とっさ》に神野さんのイメージを頭に浮かべる。

「そうですね……夜景が見える窓辺でブランデーグラスを傾けてるようなイメージです」

「誰だそれは……」

神野さんは呆れたみたいに私から視線を逸《そ》らしてしまう。そんな彼を見て私は笑った。

なんだろう……こうして神野さんと笑いながらお酒を飲んでいるのを、嬉しく感じる。

——まさかこんな風に思える日が来るとは思わなかったな……彼も、そうだったらいいな……

そう考えたら、いてもたってもいられなくなった。

「あの……！　私、今日は凄く楽しかったんですが、神野さんはどうでした？　楽しく過ごせましたか？」

神野さんの方に体を向けて、思い切って聞いてみる。こんなことを聞かれると思わなかったのか、神野さんの目が驚きで見開かれた。

「俺か？　そうだな、俺は……お前に言われなきゃ、ああいったところには行こうとも思わないからな。それなりに楽しかった」

その言葉を聞いて、私はほっとする。

「よかった。私だけ楽しいんじゃなくて……」

「ご褒美《ほうび》なんだから、お前が楽しむのは当然の権利だろう」

至極真面目な顔で神野さんに言われてしまった。

「はは……」

そんな神野さんについつい苦笑いする。でも、短い言葉の中に彼の優しさを感じる。

私がカクテルを飲み終え落ち着いた頃を見計らって、そろそろ帰るかと神野さんが立ち上がった。

続いて立ち上がった瞬間、私は軽くよろけてしまう。

「危ないな、大丈夫か？」

素早く神野さんが腕を掴《つか》んでくれたお陰で、なんとか倒れずにすんだ。

「すみません、大丈夫だと思ったんですけど……」

お酒のせいなのか、なんだか足下がふわふわする。

「あの酒でコレじゃ、あまり酒は強くなさそうだな。外で飲む時には気をつけろよ」

確かに。こんなに体が熱くなるなんて予想外だった。お酒も飲んでみないと分からないもんだな。

「ほら行くぞ。歩けるか」

「はい、大丈夫です……」

神野さんの腕に掴《つか》まり、私はぼんやりしそうな頭をなんとか働かせて店を出た。

私は神野さんに支えられてエレベーターに乗り込むと、地下駐車場へ向かう。

火照《ほて》る頬を両手で押さえていると、横に立つ神野さんが私を見てフッと笑った。

「えらく頬が赤いな」

「えっ!?　そ、そんなにですか？」

驚いて、エレベーターの中に顔が映るものは無いかと周囲を見回す。でも鏡の代わりになるようなものは見当たらない。

「俺以外、ここには誰もいないんだから気にするな」

「まあ、それはそうなんですが……」

神野さんに赤くなった顔を見られているのも、それはそれで恥ずかしいんですが……

そんなことを考えている間にエレベーターは地下駐車場に到着し、私たちは車に乗り込んだ。

「あっつ……」

車に入った途端、顔だけでなく体まで火照《ほて》ってくる。

思わずパタパタと手で扇《あお》いでいると、神野さんがこちらを見てきた。

「……そんなに熱いのか」

そう言って、神野さんの手が私の頬に触れる。

「ひゃっ……」

いきなり触られて、反射的に体がビクンと跳ねた。

「なんだ、俺の手はそんなに冷たかったか？」

「え、そうじゃないです、急に触るからびっくりして……」

何気なく横を向くと、彼は私の頬に手を当てたままじっとこちらを見ていた。

目が合った瞬間、私たちは無言で見つめ合う。少しして、先に目を逸《そ》らしたのは神野さんの方だった。

「……行くぞ」

「は……はい」

——今の空気は一体なんだったんだろう……

不思議に思ったものの、お互いにそのことには触れないまま、車は駐車場から走り出す。

しばらく私も神野さんも口を開かず、車内に静かな時間が流れる。心地よい車の振動がすぐに私へ睡魔を運んできた。

何度かこっくり、と体を揺らしていると、横から神野さんの静かな声が掛かる。

「眠かったら寝ていていいぞ」

「はい……」

そう言われて安心した私は、瞼《まぶた》の重さに耐えられずそっと目を閉じた。

どれだけ経ったのか、軽く肩を揺すられて目を開くと、そこは神野邸のガレージの中だった。

それに気づいた瞬間、慌てて体を起こす。

「……あっ、到着ですか⁉」

車を停めてエンジンを切った神野さんが、私を見てニヤッと笑う。

「よく寝てたな。途中からスースーと寝息が聞こえてきたぞ」

「うっ……す、すみません……！」

一日に二回も神野さんに寝顔を晒《さら》すなんて……恥ずかしいな、もう……

私はがっくりと肩を落とす。その間、神野さんはハンドルに腕を乗せてこちらを見ていた。

「あれ？　神野さん、車から降りないんですか？」

「……沙彩」

急に名前を呼ばれてドキッとする。それに、じっと私を見つめる彼の目が、今までに見たことがないくらい熱を帯びていて、私はその目に釘付けになった。

「は……」

はい、と返事をしようとしたその時、いきなり神野さんの綺麗な顔が目の前に迫る。そして次の瞬間、私の唇に神野さんのそれが重なっていた。

——え？

唇に感じる柔らかな感触。起き抜けのぼんやりした頭でも、彼にキスをされているのだと、はっきり認識できた。

一度唇を離した神野さんは、目を開けたまま固まっている私の腰をぐいっと強く引き寄せ、より深く口づけてくる。

「……んっ、んーっ!?」

驚いた私は、掌《てのひら》で何度か神野さんの胸を叩いた。だけど彼はキスを止めようとしない。それどころか、私の後頭部に手を当てて、がっちり固定してしまう。

——なんで？　なんで神野さんが私にキスしてるの？

その理由が分からず、口を塞《ふさ》がれたまま硬直していると、唇にぬるりとしたなにかが触れた。びっくりして少し開いた隙間から、口内に侵入してきたもの——

「……！」

——これ、神野さんの舌！

彼の肉厚な舌が私の口腔《こうこう》をゆっくりと舐《な》め回し、歯列をなぞる。

あまりのことに、私の頭は真っ白になった。

彼が私の口の中で舌を蠢《うごめ》かせるたびに、クチュクチュという水音が頭に響く。その、なんだかとてもいやらしい音が、私の羞恥心《しゅうちしん》を煽《あお》った。

「……舌、出せ」

「ふあっ……？」

一瞬唇を離した神野さんが、掠《かす》れた声で囁《ささや》いた。なんだかよく分からないまま、私は舌を出す。

するとすぐ唇を重ねてきた神野さんに、強く舌を吸われた。

「……んん……っ」

突然の事態に私の頭が混乱する。

もしかしてこれも、婚約者を演じるために必要なことなのだろうか……？

でも彼のキスからは、出会った頃の傲慢《ごうまん》さとか、私を征服しようとかいう感じが一切ない。

それどころか、私に触れる彼の手は壊れ物を扱うように丁寧で、ゆっくりとしたキスからは優しささえ感じた。

こんな風に触れられると、まるで本当の恋人同士がするキスだと錯覚してしまう。

私の胸は、かつてない程ドキドキと激しく高鳴っていた。

「ん、ふ……っ」

無意識に神野さんの胸の辺りを掴《つか》み、ただひたすら彼からのキスを受け入れた。しかし初めてのキスに息継ぎが上手《うま》くできなくて、呼吸が苦しくなってくる。

――く、苦しい……！

そう思った瞬間、酸素を求めて神野さんから顔を背《そむ》けてしまった。

「はっ、はあっ……んっ!!」

だけどすぐに神野さんの唇が追いかけてきて、再び唇を塞《ふさ》がれてしまう。今度は、まるで噛み付くみたいなキスだった。

「ふ、うっ……！」

唇をまるごと食べられているような、そんな凄いキスに抗《あらが》う術《すべ》など私にはなくて。

ただただ、神野さんにされるがままになる。

私の後頭部と腰を支える彼の大きな手から伝わる温もり。そして、私の口腔《こうこう》を我が物顔で舐《な》め回す彼の舌。

嵐みたいに私を翻弄《ほんろう》する神野さんの温もりに、少しずつ思考能力が奪われていった。

どれくらいそうしていたのだろう。

気づくと神野さんの唇が私から離れ、濡れた私の唇を親指で拭《ぬぐ》われる。

その瞬間、ハッと我に返った。

——私、今、神野さんとなにをしてた……!?

羞恥《しゅうち》と戸惑いで、神野さんの顔を直視できずにいると、静かな声が聞こえた。

「……家に入るか」

そう言って神野さんが私の頭を優しく撫でる。

まだキスの余韻が冷めない私は、神野さんの言葉にただ頷くことしかできなかった。

神野さんとキスしてしまった。

自分から彼に、ああいったことは止めてくれと懇願《こんがん》したくせに、なぜか神野さんのキスを拒めなかった。それどころか……

「……なんで、受け入れちゃったんだろう、私……」

いきなりキスされて驚きはしたけれど、嫌ではなかった。

それに、あんなにドキドキするなんて……まるで、彼に好意を持っているようではないか。

ふと頭に浮かんだ考えを、私は慌てて否定する。

――ダメダメ。これ以上深く考えちゃダメだ。

そんなこと、あるわけない。だって彼は雇い主であり、私とはまったく違う世界の人なのだから。

私はぶんぶんと勢いよく首を振って、その考えを頭から追い払う。

まだ契約は続いている。それに、偽の婚約者として、目前にミッションが待ち構えているのだ。

私は近日中に催《もよお》されるお母様とのランチに備えて、必死に気持ちを切り替えた。

だけど、そんな私の決意は杞憂《きゆう》だったらしい。なぜなら翌日の神野さんの態度は、これまでとなにも変わらなかったから。そのことに、心からほっとするとともになぜか胸が痛んだのだった。

そして、迎えた神野さんのお母様とのランチ当日。

あまり奇抜な格好は好ましくないだろうと思って、淡いベージュのワンピースを選んだ。

指定されたレストランは女性に人気のイタリアンだった。白い壁がとても目に眩《まぶ》しい。

近くまで井筒さんに送ってもらった私は、店の前に一人で佇《たたず》んでいる。

婚約者・筧沙彩としてのお仕事第二弾。しかも今日はフォローしてくれる神野さんや井筒さんが近くにいない完全なアウェー状態だ。でも絶対に失敗は許されない。

そう思ったら、緊張して店内への第一歩がなかなか踏み出せなかった。

——はー、緊張する……

何度か深呼吸を繰り返し、私は意を決してレストランに足を踏み入れた。

対応にきてくれたスタッフに待ち合わせと伝えると、すぐにお母様の待つ予約席に案内してくれた。だが……そのテーブルには神野さんのお母様と、どういうわけか難波さんがいた。

——なんでここに難波さんが……?

パーティーの時の言動を思い出すと、彼女が私に対して納得していないことは簡単に予想がつく。

これはいっそう腹を据《す》えてかからなければ、と改めて気を引き締める。

「こんにちは」

声を掛けると、神野さんのお母様はにこやかに私を迎えてくれた。

「こんにちは沙彩さん。さ、どうぞお掛けになって。こちら、私と懇意《こんい》にしている方の娘さんで難波富貴子さん。実はね、同じジムに通っていて今日沙彩さんとランチなのって話したら、ぜひご一緒したいって仰《おっしゃ》られてね。この前のパーティーで、仲良くなられたんですって？」

——ええ、どうしてそんなことに⁉

「こんにちは、沙彩さん。またあなたにお会いしたくて、奥様にお願いしてしまったの」

難波さんが、にこやかに話し掛けてくる。笑顔の彼女から、無言の圧力をビシバシ感じた。

「こ、こんにちは……」

私は警戒しつつ、笑顔で会釈《えしゃく》を返す。

席について、とりあえず料理を注文する。お母様たちはランチコースを注文するというので、私も同じものにした。

天気の話に始まり、最近のニュースの話題で盛り上がっているところに、スープと焼き立てのパン、そして前菜が運ばれてくる。食べ慣れない高級料理の数々に緊張するが、それを表に出すわけにはいかない。私は自然な仕草で料理を食べ始める。

——これまでの特訓の成果をここで発揮しなくては！

反復練習をしてきた甲斐もあり、私は上品にナイフとフォークを使って前菜を口に運ぶ。

そこでお母様が「沙彩さん」と私の名を呼んだ。

「今日は急にごめんなさいね。この前は征一郎もいたし、あまりゆっくりお話ができなかったでしょう？　沙彩さんとはいずれ義理の親子になるわけだし、早く仲良くなりたくて」

好意的なお母様の言葉に、自然とこちらも笑顔になる。

「そんな風に思っていただいて嬉しいです。こちらこそ、よろしくお願いいたします」

そう言いながら、本当の婚約者じゃないという事実に若干胸が痛んだ。

「だけど本当にこの間は驚いたわ。あの子ったら、いつの間にかこんなに素敵な女性を見つけているんだもの……早く教えてくれればいいのに、なんでずっと隠していたのかしら」

お母様がそう言って首を傾《かし》げると、難波さんが会話に入ってきた。

「先日のパーティーでご挨拶《あいさつ》させていただいた時、征一郎さんが沙彩さんのことを凄く愛されているのが伝わってきました。それはもう、羨《うらや》ましいくらい。きっと教えたら、奥様に取られると思われたんじゃないかしら？」

「まあ、そうなの？　あの子、そんなに沙彩さんのことが好きなのね」

ニコニコと微笑みながらお母様と話す難波さん。そんな彼女の言動に私はモヤモヤする。

なんでそんなことを言うのだろう。難波さんは神野さんと結婚したがっていた。だったら、私と神野さんが仲良くするのは面白いはずがないのだ。

ここで私と神野さんの仲の良さを、お母様にアピールする彼女の目的が分からなくて怖い。

内心ドキドキ、表面上はニコニコしながら座っていると、メインのパスタが運ばれてきた。本日のパスタはシンプルなトマトソースのパスタだ。

トマトソースのパスタなら、昔ご近所さんに家庭菜園のトマトをもらったりした時によく作った。これだったら緊張せず普通に食べられそう。

私はパスタをくるくるっとフォークに巻きつけ、口に運ぶ。

フレッシュなトマトとパスタの塩気が絶妙にマッチしている。トマトの味も濃くて、とっても美《お》味《い》しい。

「美味《おい》しいですね！　トマトが好きなので、こういうお味は嬉しいです」

一口食べてお母様に話し掛けると、お母様もにこっ、と微笑んだ。

「ほんと、美味《おい》しいわねー！　私ね、お野菜が大好きなの。もちろんトマトも大好きよ。そういえば、沙彩さんはお料理が上手なのですって？　征一郎には普段どんなものを作ってるの？」

「簡単な物ばかりですが、和食が多いです。神野さんは好き嫌いが無いので、どんなものを作っても美味《おい》しいと言って食べてくれるんです」

「そうなの⁉　あの子は食に対してあまり興味がないと思ってたんだけど、よっぽどあなたの料理が気に入ったのね！　ねえ富貴子さん」

「……そうですね」

お母様に同意を求められた難波さんの笑顔が強張《こわば》っている。これは、十中八九、内心よく思っていないのでは。

「あの征一郎が結婚を考えるくらいですもの。きっと沙彩さんは、素晴らしい女性なのね」

興味津々《きょうみしんしん》とばかりにじっと見つめられる。だけど私は慌てない。

様々なケースに備えて、事前にしっかりシミュレーションしてきたのだ。

「いえ、そんな……私の方こそいつも神野さんには助けてもらってばかりで。本当に、素晴らしい方です。私も精一杯、神野さんを大切にしていきたいと思っています」

はにかみながらそう話すと、お母様が感動したみたいにウンウンと頷いてくれた。だが、その横の難波さんは、能面のような無表情。それを見た瞬間、ゾクッと背筋に冷たいものが走った。

――怖い……怖いよう……前方からくる殺気が私に突き刺さる……

難波さんからの冷たい視線に内心震えながら、なんとかパスタを食べ終えた。

最後に食後のコーヒーとデザートが運ばれてくる。デザートはカシスのジェラート。カシスの赤い色がとても綺麗で、スプーンを手にしたままついうっとりしてしまう。

「でも本当に、征一郎が結婚する気になってくれて、私もほっとしてるの。このままその気にならなかったら、私が相手を見つけて結婚させなきゃって思っていたくらいでね」

ジェラートを口に運びつつ話すお母様は、心底安堵しているようだった。

「我が息子ながらあの容姿で独身、尚且《なおか》つ決まった相手もいないとなると、好き勝手言ってくる人も多いの。征一郎はそんなのほっとけって言うけど、母親としてはやっぱり我慢ならなかったのよ」

お母様が表情を曇らせてため息をついた。

「だからお尻を叩くつもりで、三十までに結婚相手を見つけられなかったら、こっちで相手を見つける……なんて、征一郎に言ってしまったの」

するとお母様が難波さんをチラッと見る。

「もし難波さんに決まった相手がいなかったら、ダメ元でお願いしてみようかしらって考えたりね」

お母様は過ぎたことだからと冗談めかして言うけれど、難波さんの表情は見ものだった。とんでもないことを聞かされた、といった感じで顔が引き攣《つ》っている。

「でも、こうして沙彩さんと出会って結婚も決めたんだから、結果オーライということで良かったのかもしれないわね」

ふふふ、と嬉しそうに笑うお母様。だけどちょっと待って。横、横！　横に般若《はんにゃ》みたいなお顔をした方がいらっしゃいますよっ！

般若《はんにゃ》の形相《ぎょうそう》の難波さんは、ふっと一瞬で表情を改めると、にこっと微笑んだ。

「あら……それは残念でしたわ。でも征一郎さんは沙彩さんを選ばれたのですもの。きっと奥様のお気持ちが届いたのでしょうね」

「まあ、富貴子さん、ありがとう」

笑顔で会話するお母様と難波さん。表向きはいい感じだけど、逆にそれが恐ろしい……

難波さんの本当の気持ちは、絶対にこやかとは程遠いような気がする。

コーヒーを飲みながらお母様の趣味の話などをして、この場はお開きになった。

今日の食事代はお母様が支払ってくれるそうだ。どうすべきか一瞬戸惑ったけど、お言葉に甘えてご馳走になった方がいいと判断した。

「お母様、今日は美味《おい》しいお食事をご馳走様でした。こうしてゆっくりお話ができて、とても楽しかったです。本当にありがとうございました」

店を出たところでお礼を言う私に、お母様が優しく笑い掛けてくれる。

「こちらこそありがとう……我が息子ながらちょっと扱いづらいところのある子だけど、基本的には優しいから。特に女性にはね。……どうか征一郎を、末永くよろしくお願いいたします」

そう言って、私に対して深々と頭を下げてくれた。お母様の行動に、私は激しく動揺する。

「そ、そんな……！　こっ、こちらこそ、どうぞよろしくお願いいたします……」

ああ、お母様ごめんなさい。私、本当の婚約者じゃないんです……！

まさか本当のことを言うわけにもいかず、私は複雑な気持ちでお母様に頭を下げた。

このあと、お友達と買い物に行くというお母様を見送り、この場に私と難波さんが残される。

ランチが終わったら、井筒さんが迎えに来てくれることになっていたので、さっきメールを送っておいた。あとは車が来るのを待つだけなのだが……

なぜ、難波さんはここから動かない？

「沙彩さん……」

その時、私の隣にいる難波さんが低い声を発した。

「はい」

「私、どうしても納得できないの。なぜ征一郎さんが選んだのが、私ではなくあなたなのか」

難波さんの方を見ると、私に鋭い視線を向けている。

あまりの迫力に、思わず後退《あとずさ》ってしまった。

――ヒエッ……怖っ、この人怖いよ！

「そ、そんなこと私に言われても困ります……」

「奥様が仰《おっしゃ》っていたこと聞いた？　あなたさえ現れなければ、私が征一郎さんの婚約者になれたかもしれないのに！　ほんと迷惑。どこから出てきたわけ？　しかも二十歳って、まだ子供じゃない。征一郎さんは、一体なにを考えているのかしら」

難波さんは早口でまくし立てたあと、キッと私を睨《にら》んだ。

ここへきて態度を豹変《ひょうへん》させた難波さんに、私はどう対応していいか分からずたじろぐ。

――この人、神野さんのお母様に対する態度と全然違うんですけど……！

私は呆気にとられつつ、以前神野さんが彼女のことを性格が悪いと言っていたのを思い出した。

身をもってそれを知った私は、彼の人間観察能力は確かだと大いに納得する。

「……こっ、この婚約に、なにか思うところがあるのでしたら、私ではなく神野さんへ直接伝えてください」

「なに？　私が彼になにを言っても、二人の関係は揺るがないって？　随分な自信ね？」

「そ、そんなことは……」

ずっと向けられている鋭い視線に、つい気持ちが怯《ひる》んでしまう。

難波さんは、私を見たままハアーと大きなため息をついた。

「まったく……あんないい物件を、みすみすあなたみたいなぽっと出の子供に取られるなんて思わなかったわ。私にとって、これ以上ない最高の結婚相手だと思ってたのに」

ここで、彼女の言葉にちょっと気になる部分があった。

――物件？　今この人、神野さんのこと物件って言ったの？

性格はともかく、彼女が神野さんと結婚したいのは、彼に好意があるからだと思っていた。でも、そうじゃないってこと？　物件だなんて、まるで条件でしか彼を見ていないみたいだ……

どうしてもその言葉が引っかかって、黙っていることができなかった。

「物件って、なんですか……？」

私が静かに聞き返すと、難波さんにじろりと横目で睨《にら》まれた。

「は？　……そんなの、分かるでしょ。あれだけイケメンでお金持ち。将来的には神野グループの頂点に立つ男よ。あんな魅力的な人、女なら誰だって結婚したいと思うわよ」

「それは、神野さんの外見や家柄が魅力的だと言っているように聞こえますけど」

「なにを今更、あなただってそう思ったから彼と婚約したんでしょう？」

平然と同意を求められた。その瞬間、難波さんが彼に相応《ふさわ》しい人ではないとはっきり確信した。同時に、彼女に対する怒りが膨れ上がる。

私は湧き上がる怒りのまま彼女に反論した。

「神野さんは物件ではありません。そんな理由で彼と結婚したいだなんて、それは神野さんという一人の男性に対して失礼です！」

毅然《きぜん》とした態度で物申す。すると、難波さんが驚いたように目を瞠《みは》った。だけどその顔は、すぐに怒りに染まる。

「なっ……なんですって!?　いくら征一郎さんの婚約者だからって、なにを言っても許されると思わないで!!」

キッ、と私を睨《にら》み付けた難波さんに強い口調で反論された。でも今の私は、そんな彼女に怯《ひる》んだりしない。それどころか、怒りがますます強くなる。

「結婚相手を条件で選ぶと言うならどうぞご勝手に。でも神野さんは、偉そうな俺様ですけど、本当は優しくて思いやりのある素敵な男性なんです！　そんな彼の表面にしか魅力を感じないあなたが、彼に選ばれることなんて絶対にありません！」

明らかに見下していた小娘にこんなことを言われて、彼女のプライドは激しく傷ついたようだった。その証拠に難波さんの顔は怒りで真っ赤になり、口元がピクピクと引き攣《つ》っている。

「……そう……あなたの言い分はよく分かったわ……。覚えておきなさい！　あなたの化けの皮を剥《は》がして、必ず排除してやるから!!」

私を睨《にら》みつけてそう宣言した難波さんは、くるっと踵《きびす》を返して歩き出す。そのカツカツというヒールの音からも、彼女の怒りが伝わってくるようだった。

一人になってようやく冷静になった私は、自分のしでかしたことに頭を抱える。

「……やば。やっちゃった……」

どうしよう、難波さんを怒らせてしまった……

彼女が神野さん自身を好きで結婚を望んでいたんじゃない、という事実が、どうしても許せなかったのだ。

最初は、あんなことを言うつもりじゃなかった。

どんなことを言われても、穏便に済ませて事なきを得ようと思っていた。

でも、どうしても許せなかったのだ。彼の婚約者という立場で、彼女と波風を立てるのは得策じゃない。穏やかに接するのが一番と分かっていたはずなのに……

どうして私は、こんなにも感情的になって彼女に反論してしまったのだろう。

ため息をついて、私は一人項垂《うなだ》れる。

ふと空を見上げると、さっきまで晴れていたのに雲行きが怪しくなっていた。遠くの方でゴロゴロと雷の音がする。

モヤモヤとした私の気持ちを表すような空模様に、私はさらに落ち込んだ。

レストランの前で待つこと十分程。迎えに来てくれた井筒さんが運転する車の中で、私はぼんやりと窓の外を眺めていた。

「やけに暗いですね。なにかあったんですか」

やっぱりこの人にはバレちゃうか……なんて思いながら私は重い口を開いた。

「いえ、お母様とは上手《うま》くいったと思います。ただ……なぜか今日、難波さんも一緒に来ていて。会食中は問題なかったんですけど、帰り際にちょっと言い争いになってしまって、彼女を怒らせてしまったんです……」

ため息まじりに説明すると、井筒さんは前を向いたまま「なるほど」と呟いた。

「気にされなくていいと思いますよ。難波嬢はお父上に大事にされすぎて、少し勘違いしてしまっているのでしょうね」

「勘違い？」

「ええ。自分は特別なんだとね」

――あー、確かにそんな感じだったかも……

「……でも私、難波さんに、というより自分に対して腹が立っているんです。あの場面で、なんであんなにムキになっちゃったんだろう……。修業が足りませんね」

「あの場面、とは？」

井筒さんがルームミラー越しに私をチラッと見た。

「……難波さんが神野さんと結婚したいのは、彼が好きなわけじゃなくて顔と家柄がいいからだったんです。それを聞いた瞬間、なんだか無性に彼女にイラッとしてしまって」

「ほう。あなたはなぜ、難波嬢に腹が立ったのですか？」

「それは……だって、条件だけで結婚を迫っているのに、表面上は神野さんのことが好きみたいに装《よそお》っているなんてタチが悪すぎると思って。ただ、自分でも、なんでこんなに腹が立ったのか、よく分からないんです」

肩を落とす私に、井筒さんが静かに口を開いた。

「まあそう落ち込まずに。じき、その理由が分かる日が来ますよ」

「そう、でしょうか……」

「ええ。……ああ、神野ですが、今夜は遅くなるので食事はいらないそうです。私もあなたを家に送り届けたら、仕事に戻りますので」

「分かりました」

私は井筒さんに返事をして、再び窓の外を見る。

空はさっきよりもさらに暗くなり、今にも雨が降り出しそうだ。

「今夜は大雨警報が出ていましたね。ああ、雷も鳴っているようです」

「えっ、ほんとですか……」

真っ黒い雨雲に不安を感じつつ、私はどこかすっきりしない気持ちのまま後部座席で項垂《うなだ》れた。


ザーザー、ゴロゴロゴロ、ドーン。

天気予報がズバリ当たった。夕方から降り出した雨はますます激しくなり、空を走る稲光や雷鳴も一向に治まらない。

私は自室のベッドの上で頭から布団を被り、雷の猛襲に耐えていた。

実のところ……私は雷が苦手だ。

子供の頃から嫌いだったわけではない。もちろん好きではないが、ここまで恐れはしなかった。

だけど小学校高学年の時、家の近くの大きな木に雷が落ちたのだ。

ドーン、という聞いたことのない轟音《ごうおん》と地響きに、家で一人、留守番をしていた私はびっくりして腰を抜かした。ようやく立ち上がれるようになってから窓の外を見ると、家の近くの大きな木が燃えていた。幸いすぐに火は消し止められ周囲に被害はなかった。だがその出来事は、幼い私の心に多大なトラウマを植え付けた。それ以来、私は雷が大の苦手になってしまったのだ。

両親がいた頃はどちらかにくっついていれば安心だった。けど、両親が亡くなって一人になってからは、布団に包《くる》まりひたすら雷が鳴り止むまで耐えていた。

いつものように布団に包《くる》まり、雷雲が過ぎ去るのを待つ……はずだったのに、いつしか私の頭の中は、雷のことではなく別のことでいっぱいになっていた。

なぜあの場面で難波さんに腹が立ったのか——井筒さんに言われたことを思い出しながら、私は胸のモヤモヤの原因を考える。

あの時、私は難波さんが神野さんの表面しか見ていないことにイラッとした。それはつまり、難波さんに神野さんの中身を見て欲しい、っていうことだよね……

私は出会った頃の神野さんを思い出す。

最初はとんでもない提案をされたり、いきなりシャワーを覗《のぞ》かれたり襲われそうになったりで、印象はまったく良くなかった。

でも、言葉は少ないけど私が困っていたら助けてくれるし、頑張ったご褒美《ほうび》に私の行きたいところに連れて行ってくれた。彼は、本当は凄く優しい人なんだと思う。

だから私も、精一杯彼の役に立ちたいと考えるようになったのだ。

それに、なんだかんだで、私、神野さんと一緒にいるのが楽しくなっている。だからキスだって全然嫌じゃなかった……ってあれ？　これじゃあまるで、私、神野さんのことが好きみたい……

その考えに行きつき、ハッとする。

——え、私が、神野さんを好き……？

「えっ……ええ⁉　嘘……っ‼」

神野さんへの気持ちに気がついた瞬間、バリバリバリ！　という一際大きな雷の音が響いた。

「いやあああ‼」

油断していた私はまともに雷鳴を聞いてしまい、悲鳴を上げて布団を被り直す。

——考え事していて、すっかり雷のこと忘れてた——‼

布団の中でぶるぶると震えていると、今度はいきなり部屋のドアがバン！　と勢いよく開いた。

それに驚いた私は、再び悲鳴を上げる。

「キャ————ッ‼」

「……なっ、なんだ、いきなり」

ドアの方に目を向けると、そこにはたじろいだ様子の神野さんがいた。

きちんとスーツを着ているところを見ると、帰って来たばかりなのだろう。

神野さんはベッドのすぐ横まで来て形のいい眉根を寄せた。

「こんなところでなにをしてる」

「か……雷が怖くて……」

神野さんをチラッと見て言う。すると、彼は不思議なものを見るような目で私を眺めてきた。

確かにこの格好は変だ。神野さんが怪しむのも無理はないと思う。だからって……

——な、なんでこのタイミングで帰ってくるの……⁉　こ、心の準備がっ……！

時刻は夜の九時過ぎ。神野さんは遅くなると聞いていたけど、思いのほか早い帰宅だ。

ついさっき、神野さんへの気持ちを自覚したばかりの私は、彼を意識しまくっていて、まともに顔を見ることができない。

その間も、稲光は遠慮なく室内を照らし雷鳴が轟《とどろ》いている。その光にビクッと体を震わせた私を見て、神野さんが口を開いた。

「布団に包《くる》まらなきゃいけない程、雷が苦手ということか？」

私は神野さんの言葉にこくこくと小さく頷く。

「昔、家の近くに落ちてからダメなんです。光るだけで身体が委縮しちゃって……」

「お前にも苦手なものがあるのか……。ああ、そうだ。井筒は今日、所用で実家に泊まるそうだ」

この家の戸締まりチェックはいつも井筒さんが寝る前にしている。その井筒さんがいないとなると、その仕事は私がやらないといけない。

「わ、分かりました。あとで戸締まりのチェックをしておきます」

「いや、いい。俺がやる。それよりお前、いつまでそうしてるつもりだ？」

「だって……か、雷が……」

「お前、雷のたびに、いつもこんなことをしてるのか」

抑揚のない声で尋ねられ、私はせめてもとばかりに反論をする。

「昔は！　その、両親がいた頃は、二人のうちのどちらかにしがみついていれば安心できたんです！　でも二人がいなくなってからは、こうしてやり過ごすしかなくて……」

「……誰かにしがみついていれば安心できるのか？」

下を向いて項垂《うなだ》れていると、静かな声音《こわね》が降ってきた。

「え？　あ、はい。なんか、人の温もりって安心するっていうか……」

「分かった」

そう言うや否《いな》や、神野さんがおもむろにジャケットを脱いだ。それをベッドの端っこに載せると、私の隣に座り込んでくる。

神野さんはなにをしようとしているのか。私はネクタイを緩《ゆる》めている彼をぽかんと凝視する。

「神野さん？　なにを……」

「誰でもいいなら、俺にしがみつけばいいだろ。ほら」

彼は外したネクタイをポイと放り投げ、私に向かって両手を広げた。

——そんな、いきなり言われても、じゃあお願いします、なんて言ってしがみつける訳がない。

「……い、いいですよ、いつものことですし。私一人でなんとか……ひっ！」

大丈夫です、と言おうとしたら、パッと白く空が光った。その瞬間、私は布団を被って縮こまる。すると布団の向こう側から「仕方ないな」という神野さんの声が聞こえてきた。と思ったら、布団を剥《は》ぎ取られ、グイッと腕を引かれる。

「なっ……」

「つべこべ言ってないでさっさと来い」

少し苛立ちのまじった神野さんの声。気がつくと私は、彼の胸に押し付けられるようにして抱き締められていた。

「あ、あのっ、神野さん!?」

「いいから、落ち着くまでこうしていろ」

――こうしていろと言われても、こんなに密着したら逆に落ち着かないんですけど……!!

だけど雷鳴は、こちらの困惑などお構いなしに鳴り響く。ドーンと再び大きく響いた音に、私は咄嗟《とっさ》に目の前の神野さんにしがみついた。

「～～～っ!!」

彼の白いシャツをぎゅっと掴《つか》み、ガタガタと震える。すると私の背中にそっと彼の手が触れた。

「大丈夫だよ」

今までに聞いたことが無いくらい優しい神野さんの声。同時にゆっくりと背中をさすってくる彼の手の温もりに、ほっとして泣きそうになる。

この腕の中にいればなにも怖くない。自然とそう思えた。

ついこの前まではあんなに嫌だったのに、今の私は神野さんに触れられることにまったく抵抗がない。むしろ、触れられるのが嬉しい。

――私……神野さんのことが好きだ。ぶっきらぼうだけど凄く優しい人。そんなところがたまらなく好き……

そうして抱き合ったままどれだけ経っただろう。徐々に雷に対してではなく、神野さんに対するドキドキの方が大きくなってきた。

この状態にいたたまれなくなった私は、おもむろに顔を上げて彼に話しかける。

「そういえば……神野さん、私になにか用があって部屋に来たのでは……？」

「ああ、井筒に聞いたが……今日の会食に難波が来たんだって？　しかもお前、彼女とやり合ったらしいな」

私の腰に手を当て、ニヤニヤしながら神野さんが尋ねてくる。その様子からして怒っているというより、面白がっているように感じた。

「うっ……も、申し訳ありませんでした。その……どうしても難波さんの考えに納得がいかなくて、つい反論してしまいました。以後、気をつけます」

「気にするな。どうせ難波がお前を怒らせるようなことでも言ったんだろう。それで、なにを言われたんだ？」

「え、なにって……ちょっときつく当たられただけです。ほんとに、それだけです！」

真実を悟られたくなくて、私は彼の視線から逃れるように顔を逸《そ》らす。

難波さんとのやり取りを詳しく話すのは、なんだか告げ口するみたいであまり気が進まなかった。それに私が難波さんに怒った理由が、神野さんを好きだったからと分かった以上、絶対に話したくない。

すると、しばらく黙り込んでいた神野さんは、分かったよ、と言って小さくため息を吐いた。

「それより、母はお前を気に入ったようだぞ。電話の声がえらく弾んでいた。よくやったな」

「本当ですか？　よかった……」

思わず顔を上げて神野さんを見る。すると至近距離で、ばちっと目が合った。

私の背中に触れる彼の手の温もりや、洋服越しに伝わってくる彼のたくましさを意識して、私の胸の鼓動は、ドキドキと激しさを増していく。

――どうしよう、こんなに心臓がドキドキしてたら、神野さんにも伝わっちゃうんじゃ……

神野さんから視線を逸《そ》らせずにいると、彼の方が先に視線を逸《そ》らした。

「そんな目で見るな。……勘違いするだろ」

そう言いながら、私の腰を抱く神野さんの腕に力が入る。

「え……勘違いって？」

何気なく質問した私に、神野さんは困ったような表情をした。

「お前な……それを聞くか？」

「だって……」

「分かった。嫌なら、拒めよ」

神野さんの手が私の顎《あご》にかかる。そのままグイッと上に向けられたと思ったら、優しいキスが唇に降りてきた。

突然のキスに驚きはしたけど、それ以上に嬉しいと感じる。

私は震える手で、神野さんのシャツをぎゅっと掴《つか》んだ。

すぐに離れていった神野さんの唇を、残念に思った自分にちょっと驚いた。

「……今日は嫌がらないのか」

私の目を見つめながら、神野さんが静かに囁《ささや》く。

「……私、この前のキスも拒んでませんよ」

「そうだが……」

神野さんの手が、私の背中を優しく撫でる。

——その手で、唇で、もっと私に触れて欲しい。

「神野さん……もっと触ってください」

思っていることを素直に言葉にすると、驚いたような顔をした神野さんに見つめられた。

「沙彩？」

「本当です。嘘じゃないです。私……」

するとこのタイミングで一際大きな稲光が走る。驚いてぎゅっと目を瞑《つむ》った私の唇に、なにかが押し付けられた。

「んっ……⁉」

薄く目を開くと神野さんの綺麗な顔。今度のキスは、まるで噛み付くみたいな激しいものだった。

神野さんの肉厚な舌が私の唇の隙間をこじ開け、半ば強引に私の舌を絡《から》め取る。クチュクチュという、互いの唾液が混ざり合う音がやけにいやらしく聞こえた。恥ずかしさと心地よさに、私の体が熱を帯びていく。

「ふっ、んっ……」

彼の手が私の後頭部に添えられ、もう片方の手で腰を強く引き寄せる。胸がぴたりと合わさり、彼の鼓動が私に伝わってきた。

——神野さんも、私と同じくらい、ドキドキしてる……

もっともっと触れ合いたい、彼の鼓動を肌で感じたい。そう思った。

「……は……っ」

キスをしながら、神野さんの口から熱い吐息が漏れる。それがとても煽情的《せんじょうてき》で、私の胸のドキドキはかつてない程大きくなった。

ようやく神野さんの唇が離れた時、私は喘《あえ》ぐように大きく息を吸い込んだ。その瞬間、彼に強く抱き締められる。

「……っ、じんのさ……」

まだ息が整わない私は、絞り出すみたいに彼の名を呼ぶ。すると腕の力を緩《ゆる》めた神野さんが、私の頬に手を当て、まっすぐに見つめてきた。

「お前を抱いてもいいか」

真剣な顔でいきなりそんなことを言われ、ドクン、と大きく胸が跳ねた。

「嫌か」

「だっ……」

緊張で喉がカラカラに渇いていて、上手《うま》く声が出せない。

「お前が嫌なら、ここでやめる」

神野さんが真剣な表情のまま、私に答えを迫る。

彼に抱かれる……そのことを、これまでまったく意識しなかったわけじゃない。

最初に手を出されそうになったあと、このまま婚約者の振りを続けるなら、今後もこういったことがあるかもしれないと考えたことがあった。そうなったら今度は諦めて彼を受け入れるしかないかも、と腹を括《くく》ったこともある。

でも今の私は彼に抱かれることを義務とは感じていない。むしろ彼に求められて喜びを感じている。この気持ちに嘘はつけない。

それに今のキスで、神野さんへの思いはますます強くなった。

――初めての相手は、神野さんがいい。

「……嫌じゃ、ないです。抱かれるなら神野さんがいいです」

思い切って自分の素直な気持ちを伝えた。次の瞬間、神野さんに腕を掴《つか》まれて、ベッドに押し倒された。

「ふあっ⁉」

「……本当にいいんだな？　もう途中でやめてやらないぞ」

私を組み敷いた状態で神野さんが低く囁《ささや》いた。逆に覚悟の決まった私は、彼の目をまっすぐ見てこくりと頷く。

「あの……や、優しくしてください」

赤くなってお願いする私を見て、神野さんはフッと小さく笑う。

「承知した。お望み通り優しく抱いてやる」

そう言って、神野さんが私の頬を優しく撫でる。おずおずとその手に自分の手を重ねると、神野さんの顔が近づき再び唇が重なった。啄《ついば》むようなキスを繰り返しつつ、間近から視線を合わせる。気づけば、どちらからからともなく深く唇を合わせていた。

唇の隙間から差し込まれた舌が、優しく私の口腔《こうこう》を撫でる。彼の舌の動きに導かれて、躊躇《ためら》いがちに舌を動かすと、その舌を軽く吸われた。

「んん……っ」

神野さんの息遣いをすぐ近くに感じる。それがとても嬉しくて、私は夢心地のまま、彼とのキスに溺《おぼ》れていった。

「え、あっ！」

キスをしながら、神野さんの手が私のＴシャツの裾から侵入してきた。素肌に触れる男性の手の感触に、私はビクッと体を揺らす。

「……こんなことに驚いてるようじゃ、この先が思いやられるな」

唇を離した神野さんが、口の端を上げてニヤッと笑う。

「～～っ！　だっていきなり触るから……！」

「じゃあ触る前にいちいち言った方がいいのか？」

思わず、うっと言葉に詰まった。

「そ、それは……言わなくて、いいです……」

「優しくすると言っただろう？　俺を信じろ」

そんな風に言われてしまうと、こちらも腹を括《くく》るしかない。

「分かりました。神野さんを信じます……」

そう言った私に、神野さんが微笑む。彼は私の耳に顔を近づけ、耳朶《じだ》をぺろりと舐《な》めた。そのまま舌で耳の縁をなぞり耳孔《じこう》をクチュクチュと舐《な》められる。

そのぞくぞくした感覚に、思わず私は身を捩《よじ》って抵抗した。

「んんっ、や、くすぐったいですっ……！」

「耳も立派な性感帯だ。お前、ここが弱いんだな」

神野さんの声は明るく、私の反応を楽しんでいるみたいだった。

私がもぞもぞと体を動かしている隙に、神野さんの手がブラジャーの上から胸に触れる。大きな手でゆっくりと優しく揉み込まれて、体の奥からおかしな感覚がじわじわとせり上がってきた。初めて感じるそれがなんなのか分からなくて、少しだけ怖い。

「あ……神野さん……」

「沙彩、手を上げろ」

「は、はい……？」

言われるまま手を上げたら、着ていたTシャツを頭から引っこ抜かれた。ブラジャーだけつけた上半身を神野さんに晒《さら》している。そう思った瞬間、かあっと顔が熱くなった。

「……っ！」

ブラジャーの上からやわやわと胸を揉んでいた神野さんは、ブラの肩紐に指を引っかけて肩から外す。そしてカップを少し下にずらしてポロリと乳房を露出させた。神野さんは動きを止めて、じっと乳房を見つめてくる。

「……前見た時も思ったが、細い体からは想像できないボリュームだな」

「あの……そんなにじっくり見ないでください……」

彼に見られていると思うだけで、乳房の先端が硬く尖ってくる。さらにそこを、骨ばった長い指で引っ掻くように弄《もてあそ》ばれた。

「やんっ……」

「綺麗な胸だから見たいんだよ」

指の腹で何度も何度も擦りつけるように弄《いじ》られているうちに、段々と下半身がむず痒《がゆ》くなってきた。

胸への愛撫《あいぶ》を続けながら、神野さんが手早くブラジャーを取り去る。そして片方の手で円を描くみたいに乳房を撫で回した。

「や、じ、じんのさん……なんか、変な気持ちになってきちゃうんですけど……」

体を捩《よじ》って胸から伝わる刺激に耐える。だけど神野さんはそんな私の状況を、なぜか嬉しそうな顔で眺めていた。

「変な気持ち、か。初めてだとそういうものなのか」

そう言った神野さんが、片方の乳房を掴《つか》む。そのまま顔を近づけて先端を口に含むと、舌で優しく舐《な》め転がした。

「ふあっ……！　あっ……」

ざらざらした舌に触れられたそこからぴりっとした快感が走り、口から変な声が出てしまう。

神野さんの唇が触れたところが熱く熱を帯び、じんじんと甘く痺《しび》れていった。

胸の先は赤く色づき、見たことが無いくらい硬く立ち上がっている。その光景に、ドキドキしながら彼の行動を目で追った。

すると、ちらりと上目遣いで私を見た神野さんが音を立てて先端を吸う。

「あっ……ああんっ」

さっきよりも強い刺激に襲われ、ついビクンと背中を反《そ》らしてしまった。

「いい反応だ」

彼はハアハアと呼吸を乱す私を見て妖艶《ようえん》に微笑む。そして私の穿《は》いているショートパンツに手をかけ、一気に足から引き抜いた。これで私が身に着けているのは、ショーツのみとなった。こんな自分の姿を見るとなんだかとても心細い。

「神野さん……」

胸を手で隠し神野さんを見ると、彼は私に背を向け脱いだシャツを床に放り投げるところだった。がっちりした肩幅と、引き締まった上半身に思わず息を呑む。どうにも目のやり場に困った私は、つい彼から視線を逸《そ》らした。

「なに照れてるんだ」

「家族以外の男の人の裸を、こんなに近くで見ることがなかったので……」

「触ってみるか?」

そう言って彼は、再び私に覆《おお》い被さってくる。少し躊躇《ためら》ったあと、私は神野さんの胸に右手を伸ばし、そっと触れてみた。

自分とは違う硬く引き締まった感触にも驚いたけど、掌《てのひら》から伝わってくる彼の少し速い鼓動に驚いた。

ちらっと神野さんを窺《うかが》い見ると、苦笑いを浮かべている。

「こんな時は誰だってドキドキするものだろ」

神野さんでもそうなんだ。それが分かってちょっと気持ちが楽になった。

「私も同じです……」

おもむろに彼の手を掴《つか》み、自分の胸に押し当てた。その行動に驚いたのか、一瞬大きく目を見開いた神野さんは、すぐにニヤッと片方の口角を上げる。

「お前の方が速いぞ」

「そ、そうですか……？」

「ああ。壊れそうなくらいにな」

そう言いながら神野さんが私の体に腕を回し、ぎゅっと抱き締める。その温もりに、私はうっとりと目を閉じた。

――あったかい……

素肌で触れ合うのが、こんなに気持ちがいいなんて知らなかった。

神野さんとこんなことをしている自分が、今もまだ信じられない。だけど、こうして彼の体温を感じられることが、凄く幸せに感じた。

私は自分から彼の体に腕を巻き付け、強くしがみつく。

「沙彩」

名を呼ばれ目を開けると、彼の顔が近づいてきて私の唇を塞《ふさ》ぐ。すぐに入ってきた舌に、私は自分から舌を絡《から》めてキスに応《こた》えた。

キスをしながら、神野さんの手は私の乳房を優しく捏《こ》ねる。そして硬くなった先端を指で撫でたり、つまんで軽く引っ張ったりして刺激を与えてきた。

「んっ……あっ」

「……ここを弄《いじ》られるのは、気持ちいいか」

乳首を指でコリコリと転がしつつ、キスの合間に神野さんが尋ねてくる。私は、コクンと素直に頷いた。

「……っ、気持ち、いい、です……」

胸を弄《いじ》られると、なぜか下腹部がむず痒《がゆ》くなってくる。この感覚をどう表現したらいいのか、経験のない私には分からないけれど、さっきから股間がじんわりと濡れてきている気がした。

それが恥ずかしくて、私は神野さんに気づかれないよう太股を擦り合わせる。

すると、乳房を揉んでいた彼の手が、脇腹を撫でながらショーツの中へ入ってきた。

「やっ、まって……」

焦ってその手を止めようとする。けれど、神野さんは構わず長い指で繁みの先の割れ目をなぞってきた。自分でもほとんど触ったことがないような場所に指を入れられ、私の体に緊張が走る。

「あっ、じ、神野さんっ……！」

「キスと胸への愛撫《あいぶ》だけで、随分と濡れているな」

気になっていたことを指摘され、カッと顔に熱が集中する。

「い……言わないでくださ……」

恥ずかしさに耐え切れず、顔を手で覆《おお》った。

「責めてるわけじゃない。これは、お前が俺の手で感じている証拠だろう？」

そう言って、神野さんは指で襞《ひだ》を押し広げ、花心の辺りを優しく撫でてくる。指が花心を掠《かす》めた途端、ビリッと電気のような強い刺激が体中を駆け巡《めぐ》った。

「あっ！」

驚いた私は反射的に神野さんの腕を掴《つか》む。だけど彼は、チラッと視線を向けただけで、指の動きを止めようとはしない。それどころか蜜を絡《から》ませた指で花心をくりくりと撫で回したり、時につまんだりして私を激しく攻める。

「やっ、ああん！　だめ、だめっ……」

刺激を与えられると、そのたびに腰が跳ねてしまう。絶《た》え間なく刺激され続けて頭が真っ白になってしまい、もう泣きそうだった。

「あっ、やあっ、もうっ……」

いまだ花心への愛撫《あいぶ》を続ける神野さんに、もうこれ以上は無理だと目で訴え、ふるふると頭を振る。すると彼はようやく指の動きを止めてくれた。

「……これだけ濡れればもういいか」

そう言いながら指がまた花心に触れ、不意打ちにビクン！　と体が揺れる。

「きゃっ……！」

私の反応に目を細めた神野さんが、私のショーツに指を引っかけ、静かに足から抜いた。そして、私の足を広げ、軽く折り曲げるとその間に自分の体を割り込ませる。

「力を抜いていろよ」

神野さんは私の膣《ちつ》につぷりと指を差し込んだ。

「……っ……！」

突然の異物感に、私の体が大きく弾む。

——私の中に神野さんの指が……入って……

体の奥を彼に触れられている……そう思うだけで、顔から火が出そうなくらい恥ずかしくなった。

「やっぱり、きついな。もっと濡れないとお互い辛い」

彼はそう言うと、中の指をゆっくりと動かし始める。膣壁《ちつへき》をなぞるように指を抜き差しし、なにかを探るみたいに指を動かし始める。さらに、あいている方の手で乳房を掴《つか》み、くりくりと先端をつまんだり擦ったりしてきた。

「あっ……や、じ、神野さんっ……」

絶《た》えず与え続けられる快感に翻弄《ほんろう》され、頭の横のシーツを掴《つか》み必死に耐える。

愛撫《あいぶ》に悶《もだ》えている私を目で追いながら、神野さんの舌が乳首を這《は》う。ざらざらとした感触が先端を通り過ぎたあと、今度は強く吸い上げられて、大きく腰が跳ね上がった。

「ああんっ」

強い刺激に思いがけず大きな声が出てしまい、自分でも驚いてしまう。だけど神野さんは、なんだかとても嬉しそうだ。

「ここ……硬く立ち上がってる。ほら」

「や、もうっ……」

唾液で光る乳首が視界に入ると恥ずかしくてたまらず、神野さんの視線から顔を逸《そ》らした。

最初は違和感にしか思えなかった指の感触に慣れてくると、次第にそれとは違う感覚が、体の奥の方から湧き上がる。

――なんだか、とても気持ちがいい……

胸と下半身に与えられる愛撫《あいぶ》によって、蜜が溢《あふ》れてくるのが自分でも分かった。

その証拠に、神野さんが私の中に差し込んだ指の動きは、かなりスムーズになっている。

「蜜が溢《あふ》れてきた。そろそろ指を増やしても平気か」

膣《ちつ》にもう一本指を入れられ、二本の指が交互に膣壁《ちつへき》を擦る。

「んっ……」

急な圧迫感に眉を寄せた。けれど、溢《あふ》れ出した蜜によってすぐに指の動きがスムーズになる。彼が指を出し入れするたびに、グチュグチュという水音が聞こえてきて、羞恥心《しゅうちしん》でいたたまれない。

胸への愛撫《あいぶ》も続けられ、同時に与えられる快感にわけが分からず、どうにかなってしまいそうだ。

「んんっ……あっ、や、やだ、もうっ……」

「……いい声だ」

神野さんが私を見て口の端を上げた。いつも見る神野さんの表情が、ベッドの上だといつも以上に色っぽく見えるから不思議だ。

そんなことを頭の片隅で思いながら、私は人生で初めて与えられる刺激に、身を捩《よじ》って必死で耐えた。

「ああんっ……！　やあっ、もうおかしくなるっ……！」

自分の口から出る声に恥ずかしくなる。思わず両手で顔を隠すと、その手を神野さんに掴《つか》まれ、ベッドに縫いとめられてしまう。

「あ……」

「見ろ、俺に触れられて、こんなに溢《あふ》れてきた」

そう言って神野さんが私の中から引き抜いた指を見せてくる。間接照明の明かりに照らされた指は、私の蜜が絡《から》まりいやらしく光っていた。

「やだっ……そ、そんなの見せないでくださいっ……！」

神野さんは苦笑してまた私の中に指を差し込んでくる。今度は出し入れする速度が速いうえに、花心を親指で刺激された。さらに、胸の先端を舌先でちろちろと舐《な》め、ジュッ、と音を立てて吸われる。

「はあっ……んんっ!!」

胸の先からビリビリと全身に甘い痺《しび》れが走り、私は背中を反《そ》らして悶《もだ》える。彼の愛撫《あいぶ》に翻弄《ほんろう》されながら、あまりの気持ちよさになにも考えられなくなった。

快感が大きくなるにつれ、得体の知れない大きな波が押し寄せてくる。だけどそれがなんなのか、私には分からなくて、怖い。

「やあっ……、なんか、変っ……！　おかしくなっちゃう……っ」

私は息も絶《た》え絶《だ》えに、神野さんに訴える。だけど神野さんは手の動きを止めてくれない。それどころか、さらに手の動きを激しくしてきた。

次第に頭の中が真っ白に染まっていく。

――だめ、なんかきちゃう、きちゃう――っ!!

「……大丈夫だ、そのままイッていい」

「あああああっ……!!」

神野さんの低い声がそう囁《ささや》いた瞬間、得体の知れない感覚が私を支配した。痙攣《けいれん》したみたいにビクビクと体が震えたあと、一気に脱力する。私はなにが起こったのか分からないまま、荒い呼吸を繰り返した。その間に、神野さんが私の中から指を抜く。

「イッたな」

「……イク……？」

「オーガズムに達する、ということだ。セックスをすれば当たり前に起こることだ」

これが、そうなのか。

「そろそろ……いいか」

はらりと額《ひたい》に垂れた前髪を掻き上げながら、神野さんが私に聞いてくる。

「……なにが、ですか……？」

荒い息を落ち着かせつつ彼に問う。

「入れても？」

ストレートに言われてドキッとする。

「っ、そんなこと、いちいち確認しなくても……」

返答に困る私を見て、神野さんがフッと鼻で笑う。彼は私から体を離し、スラックスのポケットからなにかを取り出した。

「なんですか、それ……？」

「避妊具」

さらっと言われて、息を呑む。

「……そ、それは大事ですもんね……」

私の返答に軽く噴き出した神野さんが、カチャリと音を立てベルトを外す。そのまま穿《は》いていたスラックスを脱ぎ、ボクサーショーツ一枚になった。

その様子をぼんやりと眺めていた私。だけど再び覆《おお》い被さってきた彼がショーツをずり下げた瞬間、私の目は彼の股間に釘付けになる。

――お、おっきい……!!

男性のアレを見たことがないわけではない。しかし神野さんのそれは私が知るそれとは明らかに大きさが違った。

「……無理、無理です、私……」

彼のモノの大きさに思わず腰が引ける。だけど神野さんは、手早くコンドームを装着し私の足を大きく開いた。そして、私の股間に自身のそれをあてがう。

「入れるぞ」

私をちらっと見てから、彼は硬くそそり立つ屹立《きつりつ》をグッと私に挿入した。指とは全然違う存在感に息が止まる。メリメリと肉を割って侵入してくるそれに慄《おのの》き、全身を強張《こわば》らせた。

「んうっ……!」

――痛っ……!!

多少痛いものと覚悟していたが、まさかここまでとは思わなかった。圧倒的な質量に顔が苦痛に歪《ゆが》んでしまう。薄く目を開けると、神野さんも苦しげに眉を寄せていた。

「くっ……さすがにキツいな」

キツいと言われて、なぜか申し訳ない気持ちになる。

「……ご、ごめんなさいっ、あの、やっぱりっ、そんなに大きいの入らなっ……あっ」

神野さんは一度自身を抜くと、上体を倒して私と体を密着させてきた。

「そんなことはない。いいから、ちょっと黙れ」

半泣きの私に神野さんが口づけてくる。彼は手を伸ばし、私の股間の秘裂を何度もなぞる。そして敏感な花心を探り当て指で弾く。

「あんっ」

彼はキスを続けながら、執拗《しつよう》に花心を捏《こ》ね回す。快感を覚えた体はあっという間に蕩《とろ》けていき、あまりの気持ちよさに思考が吹っ飛んでしまいそうになった。

「ああっ……！　もう、いやあっ」

快感に身を捩《よじ》りながら全身を襲う疼《うず》きに耐える。

「……今のでだいぶ溢《あふ》れたな」

「やっ、そんな……」

蜜で濡れた指をひと舐《な》めし、再び神野さんが屹立《きつりつ》を私の隙間に押し当てた。しかし、今度は浅く挿入しては出す、という動作を繰り返す。

先程よりは楽になったとはいえ、どうしたって初めてだ。緊張せずにはいられないし、やっぱり痛い。そうなると自然と体が硬くなってしまう。

だからだろうか、神野さんの表情は未だに苦しそうだった。

「ご、ごめんなさい……」

なんだか申し訳なくなって謝ると、ふっと息を吐いた神野さんに見つめられる。

「沙彩」

名前で呼ばれて、どきんと大きく胸が跳ねた。

「はい……」

「優しくするから、俺に全てを預けろ」

私を安心させるためだろうか。ひどく優しい声音《こわね》に私の体から力が抜けた。

「……分かりました……」

私は彼の目を見つめながら、こくん、と小さく頷く。すると体を倒して私に密着した神野さんが、ちゅっ、と優しいキスをくれた。

「辛いだろうが、もう少しだけ——力を抜いてろよ」

神野さんは私の手に自分の指を絡《から》めて握ると、ぐぐっと奥へ屹立《きつりつ》を押し込んだ。

「んんっ……！」

——痛いっ……！

自然と涙が眦《まなじり》に浮かんでくる。私は神野さんの手を強く握り、小さく息を吐いて痛みを逃がす。

「はあっ、あっ……」

神野さんは、唇で涙を拭《ぬぐ》うと頬や唇にもキスをしてくれた。

そしてさらに腰を進め屹立《きつりつ》を最奥《さいおう》まで押し込み、一度フッと息を吐いた。

「はっ……全部入ったぞ。大丈夫か」

「……はい……」

お腹の奥が熱い。私の中に彼を感じる。そう思うと沸々《ふつふつ》と嬉しさが込み上げてきて痛みがあまり気にならなくなった。

彼と一つになることがこんなに嬉しいなんて、初めて知った。

「そろそろいいか？　動かすぞ」

馴染《なじ》むまでじっと動かないでいてくれた神野さんだったが、少し落ち着いた私の様子を見ながら、ゆっくりと前後に腰を動かし始める。

最初はちょっと動かされるだけでも痛くて声も出せなかった。だけど何度か繰り返されるうちに、痛みではないなにか違う感覚がじわじわとせり上がってくる。

「あっ、あ、ああんっ、やあっ……」

奥を穿《うが》たれると、驚く程いやらしい声が口を突いて出た。

「どこが気持ちいい？　あれば言えよ」

「やっ、そんなの分かんな……っ、ああん！」

パン、パン、とリズミカルに腰を打ち付けられ、返事をしたくてもできない。

「それなら……これはどうだ」

神野さんが円を描くように腰を動かし、私の気持ちいいところを探ってくる。ぐりぐりと膣壁《ちつへき》を擦られるたびに、背中がゾクゾクした。でも、どこが気持ちいいかなんて、そんなの分からない。

「やっ、も、そんな余裕ないですっ……！」

「……なら、ナカじゃなくてこっちか」

そう言うなり神野さんの指が、繋《つな》がっている場所の少し上にある花心に触れる。その途端、電気のような刺激が背筋を走り、私の腰が跳ねた。

「あんっ……!!」

「ナカが締まったな、ここが気持ちいいのか」

私の顔を覗《のぞ》き込み、神野さんが妖艶《ようえん》に笑う。

私は快感に身を震わせながら、神野さんの笑顔にときめいてしまう。すると、それまで口元に笑みを湛《たた》えていた神野さんの表情が一変する。

「くっ……お前、急に締め付けるなっ……」

彼が苦しそうな顔をして声を漏らす。

「えっ……!?　私、なにか……？」

まったく身に覚えがない私が困惑の眼差しを向けると、神野さんは、困ったようにフッと息を吐いた。

「分からないなら、いい」

そう言い放つと、速度を速め再び私に腰を打ち付ける。

その表情は少し苦しげで、でもどこか集中して快感を味わっているように見えた。神野さんの見たことのないその顔も、やけに艶《つや》っぽくて情欲がそそられる。

――もっと神野さんが欲しい。

自分の中にこんな感情があったことに驚く。

次第に体が熱く火照《ほて》り息が上がってきた。目の前がだんだんぼやけてくる。

「んっ、んあっ……ああんっ」

「はあ、沙彩……」

熱い息を零《こぼ》しながら、神野さんが探るように奥を擦ってくる。その刺激に、お腹の奥の方がゾクゾクした。

「ああっ……！　だめっ、そこ、擦っちゃあ――」

びくんと体を震わせる私を、神野さんが強く抱き締める。

気持ちいいのと、ドキドキと、少しの緊張と。

いろんな感覚が入り混じって、頭がまともに働かない。

私は無意識に神野さんの首に腕を回し、自分の方へと引き寄せる。汗で濡れた彼の肌に触れドキドキがさらに大きくなった。

いつもはきっちりと整えられている彼の髪が乱れ、前髪がはらりと額《ひたい》にかかっている。

そんな彼の姿を目にしている現実に、胸が震えた。

――神野さん、私……こうしてあなたに抱かれているのが、夢みたいです……

そう思ったらまたお腹の奥がきゅうっと疼《うず》いた。

「神野さん……」

顔を近づけ、彼の目を見つめる。

――キスしたい。

そう思ったのが伝わったのか、神野さんが唇を合わせてきた。クチュクチュと舌を絡《から》ませながら互いに視線を合わせる。

神野さんは首に絡《から》みつく私の腕を掴《つか》むと、ベッドに縫い付けた。そして、私の掌《てのひら》に自分の掌《てのひら》を重ね、指を絡《から》ませる。その直後、彼は激しく腰を動かし始めた。

「沙彩……」

抽送《ちゅうそう》の合間に、神野さんが繰り返し私の名を呼ぶ。気のせいか私を抱き締める腕にも力がこもり、私は強く抱き締められたまま体を揺さぶられ続けた。

これまで見たことがない神野さんの姿に、ドキドキが止まらない。

「ひあっ……あああん、も、だめえっ――」

強すぎる快感に、私の意識は徐々におぼろげになり、今にも吹っ飛びそうだ。

「……っ、さ、あやっ」

遠くで神野さんの声が聞こえた瞬間、彼にしがみつく腕に力を込めた。

すでに限界だった私の意識は、そこでぷっつりと途切れてしまったのだった。

「ん……」

まだ夜が明けきらない時間。私はアラームが鳴る前に目が覚めた。

――なんか、変……

いつものベッドだけど、なにかが違う。それに、なんだろうお腹の上に違和感がある。

寝ぼけたまま視線を下に向けると、私のお腹にがっしりとした腕が巻き付いていてギョッとした。

たちまち私は、昨夜の出来事を全て思い出し、顔から火が出そうになった。

――あわわわ、そ、そうだった!! 昨夜は神野さんと……

エッチの最後の方の記憶がほとんどないことに若干の不安を覚えつつ、好きな人と結ばれた事実になんとも言えない気持ちになった。

自分の後ろにいる神野さんの顔が、無性に見たくなる。

――どんな顔で寝てるんだろ。

私は、彼を起こさないように気をつけながらゆっくりと振り返った。

男性にしては長めの睫毛《まつげ》に、筋の通った鼻梁《びりょう》。薄い唇……

抱き合っている時は無我夢中だったからよく見ていなかったけど、やっぱり神野さんの顔、綺麗だな……

いつの間にか、ぼーっと神野さんの顔に見惚《みと》れていると、いきなり神野さんの腕にぐっと引き寄せられた。

「わっ……」

驚いて声を上げたら、神野さんの瞼《まぶた》がゆっくりと開かれる。

「お、おは、ようございます」

「……もう起きたのか、早いな」

「はい……」

他にもなにか喋《しゃべ》りたいんだけど、神野さんを意識してしまって、話すことが思い浮かばない。

私が黙っていると神野さんが口を開いた。

「昨晩……いきなり気を失うから驚いた。体は辛くないか？」

「あっ……は、はい、大丈夫です。すみません驚かせてしまって」

すると神野さんが小さく頭《かぶり》を振った。

「驚いたんじゃない、心配したんだ。どこか痛かったりしたら言えよ。いいな？」

「わ……分かりました……ありがとうございます」

微妙に態度の変わった神野さんに戸惑う。こんな風に優しくされると、彼も私のことを大切に思ってくれているんじゃないか……と自分に都合よく錯覚してしまいそうになる。

私が必死に自分を戒《いまし》めていると、神野さんに強く抱き締められた。彼は私の首筋に顔を埋《うず》め、ちゅうっと肌に吸い付いてくる。

「ひゃっ……」

突然始まったスキンシップに、私はドキドキが止まらない。

「お前は、抱き心地がいいな」

「そ、そうですか……」

するといきなり神野さんが体勢を変えて、私をベッドに組み敷いた。

「じ、神野さんっ!?」

「体が大丈夫なら、まだ時間もあることだし……もう一度するか？」

「……え？」

私は一瞬なにを言われたのか分からず、ぼんやり聞き返す。だけどすぐにその意味が分かり、顔を熱くして慌てた。

「ええっ⁉　ちょちょちょちょっと待ってください、だ、だめですよっ、もう朝ですし、神野さん今日もお仕事でしょう！」

「セックスしてから会社に行くことなど、なんてことはない」

神野さんが私の鎖骨に唇を当ててちゅうっと吸い付く。そして両手で乳房を掴《つか》み、ゆっくり揉み込まれた。

「あっ、ちょっ……」

彼の愛撫《あいぶ》にじわじわと快感が湧き上がってくる。その気持ちよさに呑まれそうになった。だけど、朝からセックスなんてしてしまったら、絶対今日一日仕事に身が入らない……と思う。

私は快感に流されてしまいたい欲望をぐっとこらえ、理性を総動員させる。

「じ……神野さんは大丈夫でも、私はだ、だめですっ。その、朝食の準備がありますので……」

「そんなのまだ早いだろ。それに……ここは素直に反応しているようだが？」

神野さんは硬く尖り始めている私の胸の先端をきゅっとつまんだ。

「ひゃうっ！」

私の口から切ない声が漏れてしまう。

その反応に気を良くしたのか、神野さんは胸元に顔を埋《うず》め、ぱくりと先端を口に含んだ。そして硬くなったそこに舌を絡《から》め、ジュブジュブと音を立てて吸い始める。

「ああああっ……や、だめ、ですっ、そんな……」

快感に身を震わせつつ、イヤイヤと頭《かぶり》を振る。だけどすっかりスイッチの入ってしまった神野さんは、まるで私の話を聞いてくれない。それどころか、彼の手は私の体を妖《あや》しく這《は》い回り、股間の繁みを優しく撫でてきた。

「だ、だめです、神野さん……」

「……気持ちがいいなら、素直に快感に従えばいい」

「そんな……」

朝からこんなことをしてはいけないと思っているのに、神野さんの手は私の気持ちいいところを的確に攻めてくる。そのせいで繁みの奥からは徐々に蜜が溢《あふ》れ出してきた。

――だめ、もう、抗《あらが》えない……！

私は胸への愛撫《あいぶ》を続ける神野さんを軽く睨《にら》む。

「……い、意地悪ですっ……！」

彼は、いたずらっ子のようにニヤッと笑うと、ペロリと舌を出し胸の先端を嬲《なぶ》った。

「褒《ほ》め言葉として受け取っておこうか」

「もうっ……！」

ムッとする私に構わず、神野さんの指が秘所に差し込まれる。すでに潤《うる》んでいたそこは、彼の指をなんの抵抗もなくスルリと呑み込んでしまった。

「ん……はあ……んっ……」

「濡れてるな。これならあまり慣らさなくても、入れられそうだ」

何度か指を往復させたあと、それを引き抜いた神野さんは、ベッド脇のチェストの引き出しから避妊具を取り出した。

ちなみにここは私が使っている部屋である。

「じ、神野さん、なんでそんなところに入ってるんですか……!?」

「ああ、お前が寝たあとに入れておいた。いちいち取りに戻るのも面倒だからな」

ぬかりない！

驚いているうちに、素早く避妊具を装着した神野さんが、私の中にゆっくりと自身を沈めていった。

「んっ、んっあ……っ！」

一気に屹立《きつりつ》を奥まで入れ、すぐに神野さんが動き出す。徐々に腰を打ち付ける速度が増し、私は衝撃に体を揺さぶられながら快感に身を任せていった。

「……っは……」

神野さんが髪を乱し、苦しそうに吐息を漏らす。それがとても色っぽくて、私の胸はきゅん、と切なくなる。

「じ、じんのさあんっ……！」

するとなぜかここで、私に腰を打ち付ける神野さんが眉をひそめた。

「……名前で呼べ」

「え……？」

名前って、征一郎……？　でも、私が名前で呼んでもいいんだろうか？

すると痺《しび》れを切らした神野さんが、ベッドに横たわっていた私の体を引き起こす。

「これからは、二人の時は征一郎と呼べ。いいな」

向かい合う形で抱き合い、神野さんが私に命令する。

こう言ってくる彼の意図はよく分からないが、私は言われるがまま彼の名を口にした。

「せ、征一郎さん……？」

「……っ」

その瞬間、私の中にいる彼の質量が増した気がした。それに息を呑んでいたら、神野さんにきつく抱き締められた。

「……え、あの……んっ!!」

抱き締められて戸惑っていると、キスで唇を塞《ふさ》がれてしまう。そして私は再びベッドに組み敷かれ、神野さんに散々喘《あえ》がされることになるのだった。


起きた時はまだ薄暗かったのに、コトを終えた頃には、周囲はすっかり明るくなっていた。

まだまだ余力がありそうな神野さんの腕の中から逃れ、私はどうにかキッチンに移動した。

まさか朝からああいうことをするとは思わなかった。

お陰で、今も私の中に彼がいるような感覚が残っていて、気を抜くと神野さんのことで頭の中がいっぱいになってしまう。

二人きりの時は名前で呼ぶように言われたけれど、やっぱり恥ずかしくてとても呼べそうにない。

——やっ……だめだめ。思い出さない！　料理に集中！

自分で自分に活《かつ》を入れながら、朝食を作っていると、Ｔシャツにハーフパンツというラフな格好の神野さんがキッチンに現れた。いつもは休みの日でもちゃんとした格好をしているので、驚いてしまう。

「そんな格好をしてる神野さんは、初めて見ました……」

「そうか？　それよりいい匂いがするな。味噌汁か」

私の横へやってきた神野さんが、コンロにかかっている味噌汁の鍋を覗《のぞ》く。

「今日はお豆腐とワカメの味噌汁です……あの、それより神野さん、手が……」

神野さんの腕が当然のように私の腰に回されていた。それに加え、さっきから私の首筋に彼の吐息がかかっているような気がする。

振り向きたいけど、緊張して振り向けない。

「じ、神野さんっ……あの、なにをして……」

「なにって……婚約者とのスキンシップは当たり前のことだろう？」

そう言いながら神野さんの唇が首筋に触れ、ちゅっ、ちゅっと軽く吸い上げられる。彼の唇が肌に触れるたびに、私の肩がビクビク跳ねてしまう。

——これまでは、こんなことしてこなかったのに……！

神野さんの甘いスキンシップに戸惑っていると、彼の手が優しく私の腰を撫でる。こんなことをされると先程までの行為を思い出して、体の奥が疼《うず》き出す。

――ダメ、こんなところでこんなことしてる場合じゃ……

私は必死に理性を働かせて、妖《あや》しい動きをする彼の手を掴《つか》んだ。

「もうダメですっ！　井筒さんが戻ってきたらどうするんですか……」

いつキッチンのドアの向こうから、井筒さんが現れるか分からない。私はハラハラしながら神野さんに訴える。だが、彼は一向に私の腰から手を離そうとしない。

「井筒なら、今日は直接会社に向かうそうだ。さっき連絡があった」

「ええっ!?」

――そんな！

私が困ったような顔をすると、神野さんの楽しそうな声が背後から聞こえてきた。

「これで周りを気にせず、安心して仕事に専念できるな？　沙彩」

背後の神野さんを軽く睨《にら》み付けると、彼の顔が近づいてきてキスをされる。朝からこんな調子では全然料理に集中できない。

「～～も、もうっ……!!」

だけど、こんな風に甘く接してこられると、本当に神野さんの婚約者になれたみたいで凄く嬉しい。

――私、今、幸せかもしれない……

私は持っていたお玉をキッチンテーブルに置き、彼の背中に手を回す。そして、しばらくの間、彼の甘いキスに酔いしれるのだった。

第六章　やってしまいました、ご主人様

神野さんとエッチをしてしまった日から、数日が経過した。

「行ってらっしゃいませ」

「ああ。行ってくる」

そう言って、神野さんが自然な仕草で私の頬にキスをする。そのお返しに、私も背伸びをして彼の頬にそっと自分の唇を押しつけた。すると神野さんは満足そうな顔で玄関を出て行く。

エッチをした翌日から、私と神野さんの関係が劇的に変化していた。

神野さんは家にいれば私の近くに来て、私を抱き締めたり軽いキスをしてくるようになった。それに早く帰ってきた夜は、部屋に来て私を抱いてから眠りにつく。

そんな生活を送っているとこれが演技ではなく、本当に新婚生活を送っているように錯覚してしまう。

神野さんへの気持ちを自覚している私は、今の生活は嬉しくて幸せだった。けれど、ふとした拍《ひょう》子《し》に現実を思い出し、胸が痛くなることがある。

夜を共に過ごしても、私たちの関係は期間限定の契約でしかない。それに私と神野さんでは元々住む世界が違いすぎる。

毎日のように神野さんに触れられていると、私の中の彼への気持ちはどんどん大きくなる。でも大きくなればなる程、一年後に待っているだろう別れが不安でたまらなくなる。

「はあ……」

神野さんを見送り、一人になった私の口からはついため息が漏れてしまう。

このところ、神野さんを見ていると胸がぎゅっと締め付けられるように痛い。

まさか、あんなにサイテー！　と思っていた相手を好きになってしまうなんて思いもしなかった。

自分はなんてちょろいんだと、ほとほと呆れてしまう。

神野さんがもっと極悪非道な御曹司だったらよかった。そうしたら、きっと好きになんてならなかったのに……

私は、偽りの婚約者でしかない。順調にいけば一年後にはお役御免《ごめん》となる身なのだ。しかも相手は大企業の御曹司。庶民の私からは遠いところにいる、普通だったら決して知り合うことのないような相手だ。

これは、誰がどう見たって叶わない恋だって分かるよね。

――まいったな……

叶わないと分かっていても、できることならこのままずっと神野さんと一緒にいたい。

これまでの人生いろんなことを諦めてきたけど、この恋は諦めたくないよ……

そんなことを考えながら何気なくエプロンのポケットに手を入れ、スマートフォンを取り出した。

このスマートフォンは、契約時に神野さんから支給されたもの。そういえば、元々自分が持っていた携帯電話のことをすっかり忘れていた。

そんなに連絡を取り合う知り合いもいないけど、久しぶりにチェックしておこうかと自分の携帯の電源を入れてみる。すると何件かのメールを受信した。

「メールマガジンかな？」

いくつかはメールマガジンだったり携帯ショップからのお知らせだったりしたのだが、その中に何通か、知っている人物からのメールが含まれていた。

「え……三井さん？」

清掃会社のバイトをしていた時の上司である三井さんから、なぜかメールがきていたのだ。

しかも最初のメールはバイトを辞めてすぐに送られたもので、その後も定期的にメールを送ってくれていたようだ。

慌ててメールの内容をチェックする。そこには、急に仕事を辞めてしまった私のことを心配し、落ち着いたら一度連絡をください、とあった。

「どうしよう……」

バイトの期間は短かったけど三井さんには凄くお世話になった。丁寧に仕事を教えてもらったし、私が親もなく一人で暮らしていることを知ると、いつも気遣ってお菓子をくれたり夜食におかずの詰め合わせを持ってきてくれた。短い付き合いながらも親戚以上に、親身になってくれた人だ。

そんな人にずっと心配を掛けてしまっていたことに、申し訳ない気持ちでいっぱいになる。せめて私が元気でいることくらいは伝えたいという思いに駆られた。

――うーん……どうしよう……

考え込んでいると、握りしめていた携帯電話が突然鳴り出した。

「うわっ！」

びっくりして画面を見ると、着信相手は三井さんだった。

私は一瞬、出るのを躊躇《ちゅうちょ》したが、やはりちゃんと謝りたくて電話に出る。

「はい、筧です」

『筧さん!? やっと繋《つな》がったー！ ずっと心配してたのよ？ 今どうしてるの？』

電話口から矢継《やつ》ぎ早《ばや》に三井さんの声が飛んでくる。本当に心配してくれていた気持ちが、彼女の声音《こわね》から伝わってきた。

――すみません、すみませんでした三井さん……！

「三井さんご無沙汰しております。メールに気づかなくて、ご連絡せずにいて申し訳ありませんでした」

『いいのよ。元気そうな声で、安心したわ。こっちこそ何度もゴメンなさいね……。いきなりあなたが辞めたって聞かされて、なにがなんだか分からなくて。あれから大丈夫なの？ ええとなんだったかしら、お父様のご実家の大叔父様の体調が悪くなったんだったかしら。筧さんがお世話をすることになって急遽《きゅうきょ》そちらに行くことになったのよね？』

神野さんと井筒さんが考えてくれた結果、このような理由をつけて私はアルバイトを辞めたのだった。私自身、その設定をすっかり忘れていた。

「あ、はい。大丈夫です。今はちょっと落ち着きましたので……」

『そう、それならよかったわ。……実はね、筧さんにちょっと相談があったの。今いいかしら？』

「はい、なんでしょう」

相談？　と私は首を傾《かし》げながら三井さんの言葉を待つ。

『実はね、筧さんの他にも何人かスタッフが辞めてしまって、今、慢性的な人手不足に陥《おちい》ってるの。それで、もしよかったらなんだけど、人員が確保できるまで臨時でアルバイトを頼めないかしら。あ、もちろん筧さんの都合のいい時間帯にシフトに入ってもらえるようかけあってみるから！　考えてみてもらえない……？』

「臨時のアルバイトですか……」

以前だったら喜んでシフト入りまーす！　と挙手するところなんだけど、いかんせん今の私の状況で軽々しく請け負うことはできない。

でも……他でもない三井さんの頼みだし……という思いも浮かぶ。

悩んだ結果、とりあえず答えを保留にして後で連絡を入れると三井さんに約束した。そして私は、すぐにある人物へ電話をかける。

コール音が数回聞こえたのち、相手が静かな声で電話に出た。

『はい。なにかございましたか』

「お仕事中に申し訳ありません、井筒さんにちょっとご相談がありまして」

私はまずさっきの三井さんとのやり取りを井筒さんに話した。

　すると案の定、井筒さんから呆れた声が返ってくる。

『アルバイト……あなたが勤務していたのは、うちのビルを清掃する会社ですよね。万が一、神野の婚約者であるあなたがビルの清掃バイトをしていると周囲に知られたらどうするんです？』

　やっぱりそう言われると思った。私だってそれくらいのことは考えている。だけど、お世話になった三井さんの頼みだったので、できることなら協力したいと思ったのだ。

「人員確保できるまでの臨時バイトですし、清掃中は眼鏡やマスクで顔を隠すようにします。なるべく人目につかない場所を担当させてもらえるよう頼みますし、ちゃんと夕方には家に戻るようにしますから。やらせてもらえないでしょうか……？」

「ダメです。ここまでしてきたことを全て無にするおつもりですか？」

　だよね……そうだよね……

　大体予測していた返答に、私は小さくため息を吐く。

「じゃ、じゃあですね、一日だけ……いや、半日だけなんとかなりませんか？　お世話になった上司なのできちんと直接挨拶《あいさつ》をしたいんです……」

　私はお願いするだけして井筒さんの返事を待つ。数秒の沈黙のあと、電話の向こうで井筒さんがため息をついたのが分かった。

『仕方ありませんね……分かりました。ですが絶対にバレないようにしてくださいよ。それと、神野ですが間違いなくいい顔はしません。ですので彼には秘密にしておきます。いいですね、あくまでも半日だけですからね。それ以上は慎《つつし》んでくださいよ』

「分かりました、肝に銘《めい》じます！」

姿の見えない井筒さんに深々と頭を下げる。電話を終えた私は、すぐに三井さんに電話をした。半日だけならできる、と伝えると電話越しでほっとしたような三井さんの声が聞こえてきた。たった半日でも、精一杯務めよう。

困っている時はお互い様だもの。

そんなことを考えながらバイトを引き受けた私。しかしあとになって、この決断を激しく後悔することになるとは、今の私は知る由《よし》もなかった。


数日後、三井さんに指定された時間に私は神野ホールディングスの本社ビルに赴《おもむ》いた。

今の私は、神野さんの婚約者としてそれなりに注目されているので、細心の注意を払わなければいけない。

しかし一ヶ月ぶりに来たけれど、随分と懐《なつ》かしい気持ちになるものだなあ、と一人でしみじみしてしまった。それに最近は神野邸と近所の商店街を往復するくらいしかしていないので、オフィスビルが新鮮に感じる。

浮き立つ気持ちでジェイ・ビルディングサービスの事務所に顔を出すと、すぐに三井さんが駆け寄ってきてくれた。

「覚さん！　よく来てくれたわね、ありがとう！　それに元気そうでよかったわ」

「三井さんお久しぶりです。こちらこそ、声を掛けてくださってありがとうございました」

互いに再会を喜んだところで早速清掃の準備に入る。作業用のユニフォームに着替え、道具を用意し自分の担当場所を確認する。そこには〝神野物産〟と書かれていた。

——えっ。神野物産って、確か……

神野さんの誕生日パーティーの時、招待客について一通り頭に入れた。その中に神野物産の社員はあまりいなかったし、私と接することもなかった。ただ一人を除いては。

そうだ、確か難波さんが神野物産に勤務してるはずだ。その事実に、いやーな予感がし始める。

あのランチ以来、一度も彼女には会っていないし、噂も聞かない。だけど、別れ際の彼女の捨て台詞《ぜりふ》が未だ気になって仕方がないのだ。私の化けの皮を剥《は》がして排除してやるって言っていたよね？

「担当、神野物産ですか……め、珍しくないですか？　私これまで一度も担当したことないんですが……」

なんとか平静を装《よそお》いながら三井さんを見る。

「あ、そうよね。神野物産は普段、夜間の清掃だけなんだけど、今日は使用予定のない大会議室の清掃依頼が入ってね」

「そう、ですか……」

決まってしまったものを今更「やっぱ無理です」なんて言えない。私は大きなマスクと念のために持参したダテ眼鏡をかけて変装する。ここまですれば、もし難波さんに遭遇したとしても、バレないはずだ。もちろん遭遇しないのが一番だけど……

そんなことを考えながら、私は指定されたフロアへ移動した。

たくさんの企業が入った神野の本社ビル。その一つである神野物産株式会社は、文字通り神野グループに属する総合商社だ。従業員数もそこそこ多いようだが、私の担当する大会議室がある辺りは人通りも少なく、思ったより閑散《かんさん》としていた。お陰で難波さんに会うかもしれない、という緊張感がちょっとだけ緩《ゆる》んだ。

「じゃ、はじめまーす」

誰に言うでもなく一人ごちて、私は清掃用の機材を手にした。

今日はワックスがけではなく洗浄のみ、ということでまずはアップライトバキュームでゴミを集め、吸い上げる。その後はポリッシャーで洗剤を散布しながら床を磨《みが》き、最後に専用のクリーナーでリンス作業をすれば完了となる。

三井さん曰《いわ》く、ここの会議室の清掃は定期的に行《おこな》われているのだが、このところ会議が深夜にまで及ぶことが続き清掃ができずにいたそうだ。そういった経緯もあり空いている時間に清掃を、ということらしかった。

だけど神野ビル自体がそうそう古い建物でもないし、定期的に清掃をしているので目につくようなひどい汚れもない。集中して順調に作業を進めていると、床にキラリと光るものを発見した。

「なんだ？」

それを拾い上げてみると、女性物のピアスだった。シルバーの鎖に小さなパールのついた、耳朶《じだ》から垂らすタイプ。

ここ最近の生活で目が肥えてきた私は、このピアスが本物のパールを使ったかなり高価なものだと分かった。

こういったものはもちろん届ける義務がある。私は拾得物専用の小さな袋にピアスを入れ、今日の日時とこの部屋の名前、拾得者名を記入した。それをポケットにしまい、掃除を再開する。

それから数時間後、機材を使用した清掃を終えた私は、最終チェックをして作業を終了させた。手早く機材の片づけをしていると、背後で扉の開く音がする。何気なく振り返った私は、会議室の入り口に立つ人物を見て思わず声を上げそうになった。

――ギャッ‼　難波さん‼

そう。そこに立っていたのは私が今一番会いたくない人物、難波さんその人だった。

「お掃除中すみません。パールのピアスを落としてしまったんですけど、どこかにありませんでしたか？」

そう声を掛けられ、私はポケットにしまったピアスを思い出す。

これか――‼

まさかこのピアスが難波さんの落としたものだとは。まさかこんな偶然があるなんて思わなかった……

私は帽子を目深に被り直し、難波さんのもとへ駆け寄った。

「これでしょうか」

気持ち低めの声でピアスの入った袋を差し出す。それを見た難波さんの表情がぱっと変化した。

「そう！　コレコレ！　よかったわあ、ずっと探してたの。ありがとうございました」

「ど、どういたしまして」

俯《うつむ》きがちに踵《きびす》を返し、そそくさと彼女から離れようとしたその時。

「筧……？」

背後から難波さんの声が聞こえて、心臓がドキッと大きく跳ねた。

なんで私の名前……

そこで私は、彼女に渡した拾得物専用の袋に自分の名前を書いたことを思い出した。

——しまった！

私が固まっていると、背後からカツカツと難波さんが近づいてくる音が聞こえてくる。

「ねえ、あなた筧さん？　声に聞き覚えがあるのよね……」

彼女の声にビクッと体が震えた。その瞬間、難波さんが私の目の前に来て、あっという間に帽子と眼鏡を取られてしまう。

難波さんは私の顔を見て、目を丸くした。

「やっぱり、筧沙彩……あなたこんなところでなにしてるの！」

——まさか一番知られたくない相手にバレてしまうなんて……！

怪訝《けげん》そうな表情で私を見ている難波さんに、なんと答えたらいいものか、必死で頭を働かせる。

だけどこの場を取り繕《つくろ》うようないい言葉は浮かんでこない。

「こ、こんにちは難波さん……今日は、元の職場の臨時手伝いをしているんです」

「元の職場の……ふうん、そう……」

くっ、と難波さんが肩を震わせて笑い出した。

「元清掃作業員と神野征一郎が婚約……？　ありえなさすぎて笑っちゃうわ。ねえ、あなた本当に彼の婚約者なの？」

彼女の言葉に、息を吞む。咄嗟《とっさ》に言葉が出てこなくて、唇を噛んで黙っていることしかできない。

「知り合いの興信所にあなたについて調べてもらったら、いろいろと面白いことが分かったわ。あなた以前、井筒家の遠縁だと言ってたけど、それも嘘ね」

「調べたって、なにをっ!?」

私は思わず叫んでしまった。だけどすぐにそれを後悔した。これでは、自分でやましいことがあると言ったようなものではないか。

案の定、私の動揺ぶりに難波さんは高笑いだ。

「あはははは！　やっぱりね！　どうせ征一郎さんに頼まれて婚約者の振りでもしてたんでしょ。これまでまったく結婚に興味のなかった征一郎さんが、いきなりあなたを連れてくるから変だと思ったのよ」

完全にバレてしまった。私は体から力が抜け呆然と難波さんを見つめる。

彼女はそんな私を微笑みながら眺めていた。こんな嬉しそうな彼女の顔は初めて見る。

「このことを奥様が知ったらどう思うかしら？　あんなに喜んでいたのに、きっと失望されるでしょうねえ……おかわいそうに」

神野さんのお母様を思い出し、胸が苦しくなる。

「あなた、自分のしたことが分かってるの？　婚約者と紹介された人たちのことを騙《だま》しているのよ。ヘタをすれば、征一郎さんがこれまで築いてきた信用が失墜《しっつい》するかもしれないわね」

心配するような口ぶりだけど、難波さんの目は私を見て笑っている。

なんてことを言うんだと、私は難波さんを睨《にら》みつけた。だけど彼女は、ますます強気な態度で私に迫る。

「あなたがニセモノの婚約者だと周囲にバラされたくなければ、さっさと征一郎さんの前から姿を消しなさい。そうしたら黙っててあげる」

「……断ると言ったら？」

「……あの人のネタなら、マスコミは喜んで飛びつくでしょうね……」

「なっ！」

そこまでするなんて、と私は青くなる。

「自分の立場をよく考えてみなさいよ。あなたみたいな貧乏人が、振りでもなければ征一郎さんと釣り合うわけがないでしょう？　身の程をわきまえなさい。あなたには、こうやって見えないところで掃除でもしてるのがお似合いよ」

そう言い残して、難波さんは勝ち誇ったように会議室を出て行った。

一人この空間に残された私は、しばらくの間呆然とし、その場から動くことができなかった。

彼女に言われたことは、自分でもよく分かっていたことだ。だけど直視したくなくて、あえて目を逸《そ》らしていた。それをはっきりと突きつけられて、私は一気に自分の足元が崩れていくみたいなショックを受けてふらついてしまう。

――いけない。こんなところでショックを受けている場合じゃない。

まずは冷静になって、神野さんや井筒さんの指示を仰ごう。私は、清掃道具を持って事務所に戻り、急いで着替えて神野さんがいる同じビルの役員室に向かった。

なにかあった時のために、と役員室フロアに入室できるカードを井筒さんから渡されていた。まさかそのカードを使うのが、この最悪の状況とは……と涙目になる。

焦る気持ちを抑えて役員室フロアに赴《おもむ》き、カードを使ってドアを開いた。深呼吸をして、なんとか平静を装《よそお》い、神野さんの婚約者らしく受付の女性に声を掛ける。

「神野の身内ですが、急用で伺《うかが》いました」

井筒さんに言われた通りにすると女性社員がニッコリと微笑み、「かしこまりました。どうぞ」とあっさり通してくれた。

どうやらこう言ったら、不在でない限り神野さんに取り次いでもらえるよう事前に計らってくれていたようだ。

ほっとしたのも束の間。私は緊張しつつ神野さんのいる役員室の前に来た。

井筒さんにあれだけ釘を刺されていたにもかかわらず、一番まずい人にバレてしまったのだ。

怒られるのは覚悟の上でドアをノックしようとしたその時。

ドアの向こうから、なにやら話し声が聞こえてきた。

もしかして来客中？　でも、受付の人はなにも言わなかったけど……

扉の前でノックするのを躊躇《ちゅうちょ》していると、突然「沙彩か」、と私の名前が聞こえてきてその場で固まってしまう。

——なに、私の話をしてる？

「……ですよ。いつまでこんな中途半端な状態を続けるんです。まさか本当に、一年間このままでいるつもりじゃないですよね。あの子にとっても、あなたにとっても、ちゃんとした答えを出すべきだと思いますが」

呆れたような井筒さんの声。

中途半端ってなんのことを言っているんだろう？　それに、答えって？

彼の言葉の意味が分からず、私は小さく首を傾《かし》げる。

「お前に言われなくたって分かっている。ちゃんと考えているさ——沙彩のことは」

そんな神野さんの声が聞こえた瞬間、ドキンと私の心臓が跳ねた。

彼の言葉は、素直に嬉しかった。だけど——このあとのやり取りを聞いた瞬間、私の心はどん底まで沈んだ。

「ほう……では、彼女を正式な婚約者として周囲に紹介するのですか？」

「それはダメだ」

——えっ……！

即座に否定した神野さんの言葉に、後頭部をガツンと殴られたような衝撃を受ける。直前までのドキドキとは違う緊張感が全身に走った。

神野さんたちの会話はまだ続いていたけど、私は彼との未来を完全否定されたことでなにも考えられなくなっていた。頭の中が、今聞いた神野さんの言葉でいっぱいになり、なにも耳に入ってこない。

――神野さんも、私は結婚相手に相応《ふさわ》しくないって、思っていたんだ……

初めから分かっていたことなのに、神野さんの口から聞かされるともの凄くダメージが大きかった。それと同時に、ご褒美《ほうび》で連れて行ってもらったデートや、神野邸での日々を全て否定されたような気持ちになる、あまりのショックに、呼吸が上手《うま》くできなくて息苦しくなった。

結局、難波さんのことがなくても、私という存在が神野さんの足枷《あしかせ》になってしまうことに変わりはないんだ。

そうだ……一緒にいてエッチしてても、彼と結婚できるわけじゃない。

私と神野さんの関係は、時期が来れば終わる契約でしかないのだ。その証拠に、彼は私に一度として「好き」と言ってくれたことはない。

――私は神野さんにとって、都合のいい契約相手でしかないんだ……

そのことに、はっきりと気づかされた途端、私の体はそこから一歩も動けなくなった。

役員室に入るのが怖い。

難波さんとのことを伝えて、神野さんたちに助言をもらおうと思ったけど……それがそもそものの間違いだったのではないか。だって、さっき難波さんは言った。

『今すぐ征一郎さんの前から姿を消しなさい』

私がここからいなくなれば……そうすれば、全ては丸く収まるのではないか？

難波さんが本当に約束を守ってくれるかどうかは分からない。だけど……大好きなあの人を守るために私にできるのがこの方法しかないのなら、選ぶ道は一つだ。

私は役員室のドアの前から、そっと離れた。神野さんと井筒さんは、ドアの外にいる私の存在にはまったく気がついていない。

——ごめんなさい、神野さん、井筒さん。……短い間だったけど、素敵な夢を見させてくれてありがとうございました。神野さん。私、あなたのことはきっと一生忘れないと思います。

溢《あふ》れる思いを胸に押し込め、私は静かに頭を下げた。

そうして私は、なるべく音を立てないように役員フロアをあとにする。

この時の私は、自分の出した答えが彼にとって最良だと信じて疑わなかった。いや、私にはそれしか考えつかなかったのだ。

第七章　ご主人様はご立腹です

最初に異変に気がついたのは井筒だった。

「……明かりが点《つ》いていない」

そろそろ家に着く頃、運転席の井筒が訝《いぶか》しげにそう呟いた。それがなにを意味するのか、俺にはすぐ分かった。

沙彩が家に来てからというもの、家の明かりが完全に消えているということはなかったからだ。

玄関前に横付けされた車から素早く降りると、急いで玄関のドアを開けた。真っ暗な家の中に入り、まず向かったのは彼女の部屋がある二階。

「……もぬけの殻、ですね」

部屋のドアを開けるなり、すぐ後ろにいた井筒が呟く。湧き上がってくる焦燥感《しょうそうかん》を振り切り、彼女の部屋のクローゼットを開いた。見ればご丁寧に自分の買い与えたものだけ残され、彼女が持参した服やバッグは綺麗になくなっている。

急いで胸ポケットからスマートフォンを取り出すと、沙彩に電話をかけた。けれど電源が切られているのか、何度かけても繋《つな》がらない。

「この家に来た時に持っていた大きなボストンバッグがありません。これはもう、彼女の意志で出て行ったとしか考えられませんね」

「どういうことだ」

特に意識したわけでもないのに語気が荒くなる。だが、井筒は顔色を変えることなく、静かにクローゼットを閉じた。

「彼女は今日、以前働いていた清掃会社の依頼で臨時バイトに行っていました。もしかしたら、そこでなにかが起きたのではないか、と考えられます」

自分の知らない情報に一瞬耳を疑った。

「バイト……？　俺はなにも聞いていないぞ」

井筒が、沙彩のベッドの上に置かれていたスマートフォンを手に取る。

沙彩はこれまで置いていったのか……

「あなたに言ったって、どうせ駄目の一点張りでしょうから、あえて伝えなかったんですよ。お世話になった社員に頼まれたので、できることなら力になりたいと彼女が望んだんです。それに買い物などで外出する以外ほぼ軟禁状態で、元々働き者の彼女には少し窮屈《きゅうくつ》だったのかもしれません」

確かにどこで誰が見ているか分からないため、必要以上の外出は控えさせた。

それに体の関係を持ってからは、彼女を独占したいという自分勝手な理由で、強引に家の中へ縛り付けていたかもしれない。

だが、そんな状態にあっても、沙彩はこの家に馴染《なじ》んでいるように見えた。こちらが契約上の関係だということを、すっかり忘れてしまうくらいに。

だから俺は、安心しきっていたのかもしれない。彼女が、絶対にどこにも行かないと。

それに、彼女の真面目な性格を考えたら、雇用契約の途中で黙ってこの家を出て行くことなどあり得ないと思い込んでいた。

そのせいもあり、彼女が自分から出て行く理由がなに一つ思い当たらない。

「たとえそうだったとしても、なにも言わず消えるのはやはりおかしい。考えたくはないが、事件に巻き込まれた可能性もありうる」

自分にバイトのことを秘密にしていたことは腹立たしい。だが今はそんなことよりも、沙彩の行方《ゆくえ》を探すのが先だ。

「とりあえず……彼女が行きそうな場所を当たってみましょう。元々持っていたガラケーの方はたぶん持っているでしょうから、念のためそちらへの連絡も続けましょう」

「……どこに行ったんだ、沙彩……」

なぜ黙って、俺の前から消えた。

行く当てなどないはずの彼女が、今どこでどうしているのか。それを思うと気が気でなく、じっとしていることができない。

彼女の部屋を出て、井筒と二人再び家から出ると車に乗り込んだ。

そうして車を走らせ、沙彩が行きそうな場所を思いつく限り当たった。だが、そのどこにも、沙彩はいなかった。

「これ以上やみくもに動き回っても埒《らち》があきません。今日のところは一度家に戻って、待機しましょう。で、明日ですが、どうしますか？」

こんな時でさえ冷静な井筒に、わけもなく苛立ちが募《つの》る。こっちは心配やら怒りやらで腹の中がぐちゃぐちゃだった。それでも、無理矢理気持ちを落ち着けて、頭の中を整理する。

「……ひとまず、今日一日の沙彩の足取りを詳しく調べてくれ。自分から消えたのか、事件性があるのか……そこをはっきりさせてから、今後の捜索方針を決める」

「分かりました」

井筒が頷《うなず》いたのを見届け、軽く息を吐く。

結局その夜、俺は一睡もできないまま朝を迎えることになった。


「ひどい顔ですね。鏡見てみます？」

寝ずに朝を迎え、そのまま会社に赴《おもむ》いた俺の顔を見て井筒が苦笑する。

「……見なくたってどんな顔か分かってる。それより報告を」

デスクの椅子に腰掛ける俺に、井筒はいつものように涼しい顔で持っていたタブレットを操作する。

「昨日、彼女はこのビルに事務所を構える『ジェイ・ビルディングサービス』という清掃会社に出勤しています。午後一時から夕方六時まで勤務し、その後タイムカードを押して退勤したのが確認できました。それが夕方の六時二十分頃です」

「その後の足取りは？」

「通用口とエレベーターのカメラをチェックしたところ、彼女の姿が確認できました。ですが一つ不審な点が」

立ったままタブレットを見ていた井筒が、チラッとこちらに視線を送る。

「不審な点？」

「タイムカードを押したあと、彼女はエレベーターに乗りこのフロアで降りているんです。彼女がここに来るということは、間違いなく私やあなたに会うためでしょう。先程、昨日受付を担当していた女性社員に確認を取ったところ、確かに彼女を通したと証言しています」

「その社員をここへ呼べ」

すぐに昨日役員フロアの受付を担当していた女性社員がやって来た。

「昨日の夕方、確かに『神野の身内です』と仰《おっしゃ》る若い女性がこのフロアにいらっしゃいました。井筒さんに言われていたように中へお通ししましたが、数分後、足早に戻って行かれました」

「足早に？」

訝《いぶか》しげに聞き返すと、女性社員はこっくりと頷《うなず》いた。

女性社員が出て行ったあと、井筒と顔を見合わせる。

これまでに分かった沙彩の行動から、ぼんやりと答えが浮かび上がってきた。

「……つまり、我々が家に帰ってきてからでは間に合わないような、なにか切羽《せっぱ》詰まった出来事が起きた、ということか？」

口元に手を当て考えを口に出す。すると俺の隣で、それに同意するみたいに井筒が頷《うなず》いた。

「あり得ますね。となると、バイトの最中になにかが起きた可能性が高い。昨日彼女が清掃を担当したフロアは……」

タブレットを操作していた井筒が、ピタッと指の動きを止めた。

「神野物産です」

俺は思わず井筒の顔を見た。

「神野物産だと。あそこには確か、難波がいたはずだな……」

少しの間黙り考え込んでいると、デスクの上の電話機から内線のコール音が鳴った。反射的に受話器を取ると来客の知らせだった。

『神野物産の難波様です』

「……分かった、通せ」

難波と言った瞬間、目を合わせた井筒の表情が険しくなった。

「タイミングが良すぎますね」

井筒の意見に、俺も頷《うなず》く。

「これは十中八九、沙彩が家を出て行ったのには難波が絡《から》んでいるな」

「そのようですね」

「まあいい。ここではっきりさせる」

おそらく沙彩は、バイト先で難波に正体がバレたのだろう。それを理由に脅迫され姿を消したのではないか。それならいろいろと辻褄《つじつま》が合う。

しかし沙彩の奴、難波なんかの戯《ざ》れ言《ごと》など真に受けずとも……

そんなことを考えていると外からドアがノックされ、受付の女性社員が顔を出す。

「失礼いたします。常務、神野物産の難波様をお連れいたしました」

女性社員と入れ替わりに、笑顔の難波富貴子が姿を現した。

「難波さん。本日はどうされました？」

すぐにでも締め上げたい気持ちを押し隠し、努めていつも通りに振る舞った。

「お忙しいところ申し訳ありません。どうしても、征一郎さんのお耳に入れておきたいお話があったものですから……。お約束もせぬまま、直接訪ねてきてしまいました」

「……話、ですか？」

わざとらしく聞き返し、俺は手をデスクの上で組み直す。

「筧沙彩さんのことです」

やはり、とばかりに井筒と目を合わせる。

「沙彩のこと？　一体なんです、改まって」

「実は私、昨日、偶然知ってしまったのです。彼女、この会社に入っている清掃会社の清掃員だったんです。ご存じでしたか？」

「……知っている。それがなにか？」

嘘ではない。元々沙彩は清掃作業員だったところをスカウトしたのだから。

特に顔色を変えず頷く。すると難波がほんの少し怯《ひる》んだ。

難波の筋書では、それを聞いた俺が沙彩への気持ちを変えるはずだったのだろう。焦ったようにさらに言い募《つの》ってきた。

「以前、ではなくて今の話ですのよ？　神野ホールディングスの次期社長であるあなたの婚約者として紹介されていながら、清掃員をしているなんて。彼女は、あなたに恥をかかせるようなことをして、平気でいるんですのよ？　私はそんな彼女があなたの婚約者を名乗ることが許せなくて……」

「それで？」

組んだ両手を顎《あご》に当て、じっと彼女を見る。こういった反応をされると思っていなかったのか、難波は目を泳がせ次の言葉を探していた。

「じ……神野征一郎の婚約者として、彼女は不釣り合いではありませんか？　それに、もしこのことを奥様がお知りになったら、どんなに失望されることか……」

「不釣り合いなどとは思わないが」

きっぱりと否定すると、難波の表情に焦りが浮かんだ。

「なっ、なにを言って……あなたを慕《した》う良家の令嬢がこのことを知れば、皆なぜ自分ではなく清掃員などが選ばれるのだと不満が噴出しますわ！　現に私だって。……それにあの子は井筒さんの遠縁を名乗ってましたけど、それだって真っ赤な嘘で……」

「難波さん。それ以上はおよしになった方がよろしいかと。続けるのであれば、それ相応の覚悟が必要ですよ」

彼女の言葉を遮《さえぎ》るように途中で井筒が口を挟んだ。それをやんわりと制止して、難波を見据《す》える。

「結局のところ、あなたはなにが言いたいのですか？」

彼女は躊躇《ためら》うみたいに一瞬だけ視線を泳がせたあと、こちらを見て、はっきりと言った。

「沙彩さんは、あなたの相手として相応《ふさわ》しくありません！」

言い終えてもなお、彼女は口元をキュッと引き結び俺から視線を逸《そ》らさない。

なぜそんなことを堂々と言えるのだろう。相応《ふさわ》しいとか、相応《ふさわ》しくないとか、それを決めるのはお前ではなく、俺だ。

しかし今は、彼女に苛ついている場合ではない。我々の目的はあくまでも沙彩を見つけることなのだから。

「難波さん。あなたは沙彩にもそう言ったのですか？」

ため息をついて尋ねると、彼女は明らかに狼狽《ろうばい》した。

ならば……と、わざと彼女の主張を考えるような体《てい》を装《よそお》う。

俺は、椅子の背に深く凭《もた》れ窓の外を眺める。そしてこちらを見ている難波にチラッと視線を送った。

「……あなたの仰《おっしゃ》ることも理解できなくはない。確かに、私の伴侶となる女性には、将来的に担《にな》ってもらう役割が多いですからね。当然、幅広い知識や深い教養を兼ね備えている必要がある。そういう意味では、子供の時から厳しい教育を受けている良家の子女の方が婚約者に相応《ふさわ》しいのかもしれません。あなたは、そういうことが仰《おっしゃ》りたいのでしょう？」

俺が初めて彼女の主張を肯定したことで、気が緩《ゆる》んだのだろう。我が意を得たりとばかりに、難波の表情がパッと明るくなった。

「そ……そうですわ。あんな貧乏人などに神野ホールディングスの社長夫人など務まるわけがありませんわ。あの子では頼りなさすぎて、征一郎さんがご苦労なさるのが目に見えています。昨日だって、私がちょっと脅《おど》しただけで青ざめてましたし。あんなに思っていることが顔に出てしまうようでは……」

ノリノリで話していた難波が、ハッと口を閉じる。

「そうか……なるほど」

気がつくと拳《こぶし》でデスクを殴打していた。その音にビクッと体を震わせた難波が「ヒッ!!」と悲鳴を上げる。

「おっと、失礼」

沙彩が受けたダメージを想像すればする程、目の前の女に腸《はらわた》が煮えくり返る。

俺は椅子から立ち上がると、ゆっくり難波の前に移動した。

「つまり……お前は俺の大切な婚約者を理不尽に貶《おとし》めた上に、心ない言葉を浴びせて傷つけた。そういうことだな？」

難波のすぐ目の前に立ち彼女を見下ろしながら確認する。こらえきれない怒りが混じり、随分とドスのきいた声になってしまった。だが、それはどうしようもない。

難波は俺の質問には答えず、戸惑いながら震える声で呟く。

「だ、だって……奥様の条件を満たすために、あの子に婚約者の振りをさせていたのではないの……？」

「俺は沙彩を愛している。心の底からな」

「え……」

思ってもいなかった答えだったのか、難波の顔から表情が消えた。

「そ、そんな！　嘘よ!?　征一郎さんのような方が、どうしてあんな子を？　貧乏で身寄りも無いあの子と結婚したって、あなたにはなんのメリットもないじゃない。そんな子より絶対に私の方が、あなたの妻に相応《ふさわ》しいはずです！」

「くどい！　何度も言わせるな。人を見下すような性格の悪い女を妻に望むはずがない」

怒りと苛立ちを含んだ声できっぱり言うと、難波は硬い表情でわなわなと震えている。きっと彼女の高いプライドはボロボロだろう。

だがしばらくすると、難波は怒りに顔を歪《ゆが》ませて睨《にら》んできた。

「そう。そこまで仰《おっしゃ》るなら、こちらにも考えがあります。……あの子は身分を詐称《さしょう》し、周囲を欺《あざむ》いた。このことをマスコミが知ったらどう思うかしら？　きっとあの子は周囲から白い目で見られて、孤立することになりますわね？」

「……やれるものならやってみろ」

自分でも驚く程冷たい声が出た。

たちまち息を呑んで口を閉じた難波に、今度は井筒がシルバーフレームの眼鏡の内側から鋭い視線を送り冷ややかな声を掛ける。

「マスコミにリークする、ですか……。そんなことしたら、ご自分がどうなるかちゃんと理解していますか？　神野家に喧嘩を売る相手を我々が許すとお思いで？　当然、神野物産の重役であるあなたのお父上も無傷ではすみませんね」

井筒の指摘に難波の表情が見る見る強張《こわば》った。

まさかなにも考えずに沙彩を脅《おど》したのか、なんと浅はかな。

「ど、どうして、そこまで……あの子に一体どんな魅力があるっていうんですか？」

この期《ご》に及んでまだしぶとく言い募《つの》ってくる難波に、いい加減呆れる。

「沙彩の良さは俺だけが分かっていればいいことだ。お前になど、もったいなくて話せるか」

俺のぞんざいな口調に、難波は唇を噛み黙り込んだ。

「いいか、俺は沙彩のためなら相手が誰でも容赦はしない。よく覚えておけ！」

これ以上沙彩を貶《おとし》めるような発言は断じて許さない。俺は憤然として彼女にこう言い放った。

「し……失礼いたしますっ……！」

震え上がった難波は、俺と井筒から逃げるように、慌てて部屋から出て行った。

ドアが閉まった瞬間、二人揃って大きなため息をつく。

「まったく……随分と勘違いの甚《はなは》だしい女性でしたね。あのような方に、簡単に追い払われてしまったとは。この先が思いやられますね」

「まったくだ。ちょっとやそっとでは離れられなくなるよう、徹底的に縛り付ける必要があるな」

席に戻った俺は、椅子に座って腕を組む。すると、その呟きを聞いた井筒が、こちらに顔を向けてきた。

「徹底的に、とは？　一体なにをするおつもりで？」

「決まっているだろう。今度は婚約者ではなく、俺の妻になるための教育を受けてもらう。徹底的にな」

「なるほど……では、あなたのお姫様をさっさと探しに行かなくてはなりませんね、王子様？」

珍しく井筒がニヤリと笑う。こいつがこんな顔をするのは決まって状況を楽しんでいる時だ。

分かりやすい奴め、と笑いながら椅子の背に凭《もた》れる。

「これは勘だが……沙彩はまだそう遠くへは行っていないはずだ。そこで、彼女の性格を踏まえた策で、おびき寄せようと思う」

ほう、と井筒が眼鏡のフレームをくいっと上げる。

「分かりました。総力を挙げてお迎えする準備をいたしましょう」

「ああ。なんとしても彼女を取り戻す。どんな手を使ってもだ」

――沙彩、俺から逃げられると思うなよ。

俺は胸のポケットからスマホを取り出し、早速とある場所へ電話をかけた。

第八章　好きだと言って、ご主人様

「はあ……」

　ここは繁華街のビルの二階にあるネットカフェの一室だ。

　難波さんに脅《おど》されたあと、私はすぐに荷物を纏《まと》めて神野邸を出てきてしまった。だが、当然行く当てなどあるわけないので、ひとまずこのネットカフェで一晩を過ごした。

　一畳に満たない狭いスペースの中で、私は椅子に腰掛けパソコンで賃貸情報を眺めている。

　――なにも言わずに出てきちゃって、神野さんたち心配してるかな……いや、自分に都合よく考えちゃいけないな。契約を無視して出てきちゃったんだもの。きっと怒ってるに違いない……

　それにしても、難波さんは本当に私との約束を守ってくれるんだろうか。

　もしちゃんと守られていなかったら、神野さんたちに迷惑を掛けることになってしまう……

　ここへ来て、あと先考えずに家を飛び出してきたことを少し後悔した。

　モヤモヤした気持ちで賃貸情報のページを閉じ、ネットニュースをぼんやりと眺める。

　その時、私の目に見慣れた名前が飛び込んできた。

「えっ……」

　見出しに書かれた内容に、思わず言葉を失う。

『経済界のプリンス、神野征一郎氏ついに結婚か⁉』

――神野さんが結婚⁉

私は急いでその見出しをクリックし、ニュースの詳細を表示する。

そこには簡単な神野さんの経歴と写真が紹介され、神野さんに近しい関係者の話として近々結婚するのではないか？　といった記事が書かれていた。

経済界のプリンスとして名を馳《は》せる神野さんが結婚するとあり、その相手が気になるところだ、と記事は纏《まと》められている……

ネットニュースには神野さんの相手については書いていない。もしかして、その相手は難波さんなのだろうか……

ただでさえ沈んでいた気持ちが、どん底まで落ち込む。

こうしてネットに上がった彼の記事を読んでいると、神野さんと私では住む世界が違うのだ、とまざまざと思い知らされる。

私はパソコンのモニターを前にして、顔を覆《おお》った。

「神野さん……」

元々この恋が叶うと思っていたわけじゃない。でも、できることなら叶ってほしいと思っていた。

でも今度こそ本当に、彼のことを諦めなくてはいけないのだ……

自分から離れる道を選んでおきながら、ふと気づくと神野さんのことばかり考えている。彼を、神野邸での暮らしを恋しく思う自分がいる。

強引な俺様だけど、ぶっきらぼうな言葉は、気遣いに満ちて優しかった。彼に触れられると胸がドキドキして、微笑みかけられるとお腹の奥の方がキュンと疼《うず》いた。

それは、人生で初めて経験した恋という感情。

慣れない感覚に最初は戸惑ったけど、凄く幸せだった。

あの日々を思い出すだけで、眦《まなじり》に涙が浮かぶ。

できることなら神野さんの側にいたい。その気持ちは今も変わっていないけど、私の存在が彼の足枷《あしかせ》になってしまうのだとしたら、やっぱり側にいることはできない……

それに、神野さんの側には、もう彼に相応《ふさわ》しい別の人がいるのだ。

頭では分かっていてもそのことを考えるだけで、胸がキュッと掴《つか》まれたように苦しくて、切なくなってしまう。こんな諦めの悪い自分がとても腹立たしかった。

――神野さんと結婚なんて、最初っから無理だと分かっていたはずじゃない。それが現実になっただけ。なんてことはないんだ。

私は目から溢《あふ》れる涙を手で拭《ぬぐ》う。

神野さんのいない人生を想像すると、どうしようもない寂しさに襲われた。あの人に出会う前の生活に戻る――ただそれだけのことなのに、どうしてこんなに悲しいんだろう。

私は大きく深呼吸をして、乱れる心を落ち着かせる。このままでは落ち込む一方だ。どうにかして考え方を変えなければ。

今の私が望むこと、それは……好きな人の幸せだ。

私はもう、彼の側にはいられないけど、神野さんには幸せになってほしい。その気持ちは揺るがずはっきりしていた。

だったら、好きな人の幸せのために、まだ私にできることはないだろうか？

椅子の背凭《せもた》れに体を預け、思案に暮れる。だけどなかなかいい案が浮かばない。

――うーん……どうしよう。こんな時、井筒さんだったら的確なアドバイスをくれるのに……ん？　そうか、直接井筒さんに相談すればいいんじゃないの……？

契約の途中で逃げてしまった自分の立場を考えると、連絡を取るのは気が引ける。だけど、神野さんに関することなら、井筒さんに聞けば間違いない。そこははっきりしていた。

――逃げたくせに図々しいと思われるかもしれない。だけどなにもしないで後悔するよりはマシだ。

その考えに行きついた私は、腹を決めてバッグからガラケーを取り出した。

神野さんに渡されたスマートフォンは置いてきてしまったので、今ある連絡手段は元々使っていたガラケーのみ。念のためこれにも井筒さんの携帯番号を登録しておいてよかった。

電話口で怒鳴られることを覚悟しながら、携帯電話の電源を入れる。その途端、山のようなメールを受信して私は目を丸くした。

――え？　え？　なんでこんなにたくさん……？

チェックするとほとんどが井筒さんからのメールだった。

「え！　井筒さん!?」

いざこれから電話をかけようと思っていた相手からの大量のメール。

内容はきっと、逃げた私へのお叱りに違いない……

私はドキドキと不安でいっぱいになりながら、一番新しいメールを開いた。

「ん？　なにこれ……」

『明日、所用がありHホテルに参ります。そこであなたの忘れ物をお渡しいたしますので、午前十一時に一階ロビーまで来られたし。くれぐれもお忘れなく』

その文面を見て、私の頭の中に広がるクエスチョンマーク。

「……私の忘れ物って、なに……？」

家を出る時、神野さんとの生活でいろいろ買ったものを置いてきたけど、それは彼らから支給されたお金で買ったものだ。それを忘れ物とは言わないだろう。となると……

「お給料……？」

確かに今月の分はまだもらっていない。けど契約途中であの家を出てきてしまった私に、給料を払おうと思うだろうか。

この事務的なメールからは、井筒さんが怒っているのか、呆れているのかすら分からない。メールを遡《さかのぼ》って読んでいっても、忘れ物についてはなにも書かれていなかった。

私はため息をつき、がっくりと項垂《うなだ》れた。

行くべきか、行かざるべきか――何度も何度も自問自答して悩む。

だが、私の中にはやっぱり、神野さんのためになにかしたいという気持ちがあった。それをできるのは井筒さんしかいない。そう思い至った私は、井筒さんの呼び出しに応じることにした。

――いつまでも落ち込んではいられない。私は、私にできることをやろう。

そう言い聞かせて、自分の気持ちを無理矢理前向きに転換する。

その夜はネットカフェを出てカプセルホテルに泊まった。翌朝チェックアウトし、持ち歩くのに邪魔なボストンバッグを駅のコインロッカーに預ける。すっかり身軽になった私は、覚悟を決めて井筒さんの指定したホテルへ向かった。そこは日本でも屈指の高級な老舗《しにせ》ホテル。私にとっては超アウェーな場所だ。

約束の午前十一時までにはまだ時間があるけれど、場違いすぎて落ち着かない。私は、ホテルのロビーにある大きな柱の陰に身を隠した。

今の私は、ただの筧沙彩。神野さんの婚約者でもなんでもない。そんなド庶民の私がこんなところに来ることなんて、金輪際《こんりんざい》無いかもしれない。

緊張しながらキョロキョロと井筒さんの姿を探していると、背後に人の気配を感じた。

「発見」

声に反応して私が振り返ると、そこにはスーツ姿の井筒さんがいたのだが――

「へっ……キャッ!!」

すぐに彼の手が伸びてきて、私の体をひょいっと肩に担《かつ》ぎ上げてしまう。

「はい、捕獲」

井筒さんは私を担《かつ》いだままホテルのエレベーターホールに向かって歩き出す。

「い、井筒さんっ!?　一体、なにをっ！　お、下ろしてください、み、みんな見てますっ」

担《かつ》がれたまま周囲を見回すと、道行く人々から好奇の眼差しが向けられており、恥ずかしさで顔が熱くなる。なんでこんなことになっているのか、さっぱり分からない。

「あまり暴れると落としてしまいます。大人しくしていなさい」

エレベーターに乗り込むといつもと変わらぬ井筒さんのトーンで窘《たしな》められ、私は黙り込む。

——ど、どこに連れて行かれるの……？

エレベーターを降り、井筒さんは私を担《かつ》いだまま大股で歩いていく。そして、ある部屋の中に入った。そこでようやく、井筒さんは肩から私を下ろす。

連れて来られたのは、控室のような狭い部屋だった。中にはドレッサーと椅子が置いてある。

「すぐに女性スタッフが参ります。あなたはそのスタッフたちの指示に従ってください」

「スタッフたちって……？」

私が尋ねると、井筒さんの眼鏡の奥がキラリと光った……ような気がした。

「よろしいですね？　では、また後程お迎えに上がります」

それだけ言うと井筒さんは踵《きびす》を返し、部屋を出て行った。

彼が出て行ってすぐ、白のTシャツと黒いパンツ姿の女性スタッフが二人、部屋に入ってきた。

一人は私の髪のセットを始め、もう一人は私の爪を整えネイルを塗り出した。

されるがままになりながら、私は必死で考える。

——なんで私、こんなことされてるの？

まったく訳が分からない。

髪をコテで巻き髪にされ、服を脱がされてドレスを着せられる。綺麗な桜色のドレスは、リボンでウエストマークされていて、とてもスタイルが良く見える。

――このドレス、誰が選んだんだろう。凄く素敵。

こんな状態だというのに、つい見惚《みと》れてしまった。

その間も、二人の女性スタッフは黙々と手を動かし、あれよあれよと私を綺麗に変身させてくれた。

「あ、ありがとうございました……」

戸惑いながらもお礼を言うと、二人は笑顔で一礼し部屋を出て行く。そして、彼女たちと入れ替わるように、井筒さんが部屋に入って来た。

「用意ができたようですね。それでは別の部屋に移動します。行きましょう」

井筒さんに誘導される形で、部屋を出た私は彼のあとに続く。

私の手を引きホテルの廊下を歩いていく井筒さんは、なにも言葉を発しない。

――気まずい……それに、この状況がさっぱり分からない。

「井筒さん、あの、これは一体どういうことでしょう……？　それに、メールにあった、私の忘れ物って……」

眼鏡をくいっと上げ、ちらりと振り返った井筒さんが細い目で私を見下ろしてくる。

「筧さん。なにも言わずに家を出ていくなんて、あなたはなにを考えているんです。神野との契約を忘れたんですか？」

うっ。それを言われると返す言葉がない。

私はしゅんと項垂《うなだ》れ、そのまま深く頭を下げた。

「申し訳ありませんでした……。でも、神野さんの家を出たのには事情がありまして……」

「難波嬢の戯《ざ》れ言《ごと》など、あなたが気にすることではございません」

ぴしゃりと言われ、私は目を丸くする。

もしかして井筒さんは……いや、神野さんも、私が家を出た理由を知っているのだろうか。

だけど、それを確認しようにも、まるで初めて出会った時のような、どこか冷たく感じられる井筒さんの態度に、私は会話の糸口が掴《つか》めない。

「井筒さん、ごめんなさい……」

——そりゃ、怒るよね……契約の途中なのになにも言わず姿を消したんだもの。

私は彼の背中を見ながら、もう一度謝罪を口にする。

「それは、なんに対する謝罪ですか」

井筒さんの冷たい声にちょっと怯《ひる》んだけど、この二日間考えて出した答えを話す。

「契約を途中で反故《ほご》にするようなことをして、本当に申し訳ないと思っています。でも、私があのまま神野さんの側にいたら、彼の足を引っ張ってしまう。だから、あの家を出ました。……なのに、家を出てからもずっと、思い出すのは神野さんの顔ばかりなんです……」

「ほう」

「こうするのが一番いいと思ってあの家を出たのに、私、全然神野さんのことが忘れられないんです……こんな私でも、神野さんのためになにかしたい。側にいられなくても、まだなにかできることがあるのならやらせてもらいたくて……それを、井筒さんに教えてもらおうと思って、今日ここに来たんです」

今の自分の気持ちを正直に話すと、前を歩く井筒さんが足を止めて私を振り返った。

「そういったことは、直接神野に話すといいですよ」

「え……？」

井筒さんはそれ以上語らず、すぐに前を向いて歩き始めてしまった。

――神野さんが結婚するって本当なんですか？

聞きたくて仕方がないけど、今は聞ける雰囲気ではなさそうだ。

井筒さんに手を引かれて連れて来られたのは、ホテル内の大きな会場だった。なにか催《もよお》しでも行《おこな》われるのか、着飾った人たちが次々と会場内に入っていく。

「ここでなにか行《おこな》われるんでしょうか……？」

「ええ。ちょっとした発表が行《おこな》われるんです。筧さん、ちょっとこちらへ」

井筒さんに言われて、私は同じ会場内に通じる別の扉の前まで移動する。静かに扉を開けた井筒さんが、私を振り返ってきた。そして、なにを思ったのか、突然私を会場内へ押し込んだ。

「ええっ、ちょっ……井筒さん⁉」

「私は観客として陰ながら見守っています。頑張りなさい」

そう言って珍しく微笑んだ井筒さんは、慌てる私の目の前で扉を閉める。

私は閉ざされた扉を呆然と眺め、途方に暮れた。

——どっ……ええええ!? が、頑張んなさいってなにをっ……!! こんなところに一人置き去りにされても、私どうしたらいいのか……

涙目になりながらその場に立ち尽くしていると、いきなり誰かに手を掴《つか》まれた。驚きのあまり飛び上がりそうになる。

「きゃっ！」

「しっ。俺だ」

——え、この声。もしかして……

すっかり聞き慣れた声に、心臓が勝手にドキドキし始める。ゆっくりと後ろを見ると、そこには私の手を掴《つか》む神野さんがいた。

「神野さん……」

「言いたいことはいろいろあるが、ひとまず行くぞ」

いつものようにピシッとスーツを身に纏《まと》った神野さんは、強く私の手を握って歩き出した。

「えっ、ちょっと、神野さん!?」

もう、さっきから本当に訳が分からない。状況がまったく呑み込めないまま、私は神野さんに連れられて、会場の下手《しもて》へと移動していく。不思議なのは、通り過ぎる人たちが、なぜか私たちに好奇の視線を向けてくることだ。

「神野！　沙彩ちゃん！」

聞き覚えのある声にそちらを見れば、神野さんの誕生日パーティーに来ていた広田さんだった。

「広田さん!?　なんでここに……」

「俺が呼んだ」

歩きながら、神野さんが答える。

彼が呼んだということは、この会場で行《おこな》われるのは、神野さんに関係する催《もよお》しということ？

「神野さん、ここで一体なにが始まるんですか？　私なにがなんだか……」

困惑しながら神野さんを見上げる。すると彼は私を見て優しく微笑んだ。

「大丈夫だ。お前はただ、俺の側にいればいい」

「え……」

ますます分からない。もしかして、これは婚約者役としての仕事かなにかだろうか？

なにも把握できないまま会場の下手《しもて》に到着し、繋《つな》いでいた手が離される。

神野さんの横にいる私には、「あれは誰？」という周囲の容赦ない視線が突き刺さり、いたたまれないったらない。

そんな私の横で神野さんは会場スタッフからマイクを渡され、なに食わぬ顔で話し始める。

「皆様、本日はお忙しいところ急にお呼び立ていたしまして申し訳ありません。そんな中、私の予想を遥《はる》かに超える方々にお越しいただき、感謝の気持ちでいっぱいです」

急に……？　それじゃあ、この催《もよお》しは私が出て行ったあとに決まったこと……？

そんなことを考えながら、神野さんの言葉に耳を傾けていた時だった。

「今日、お集まりいただいたのは他でもありません。普段親しくさせていただいている皆様に、これから私が行《おこな》うことの証人になっていただきたいのです」

神野さんの言葉に招待客がざわざわし始める。どうやら、神野さんがこれからなにをするのか、彼らも知らないようだった。

——証人になってほしいって、神野さん、一体なにをするつもりなんだろう？

神野さんに促《うなが》されて、招待客が神野さんと私の周りへ集まってくる。その様子を無言で見つめていた神野さんが、おもむろにマイクをスタッフに手渡し私へ向き直ってきた。

「沙彩」

「は？　はい」

急に名前を呼ばれ、ドキッとしながら神野さんを見る。

私を見て微笑んだ神野さんは、スーツの胸ポケットからなにかを取り出した。それは濃紺の小さな箱。例えて言うなら指輪が入っているような……

それに気づいた瞬間、衝撃で体が震えた。

目の前の光景が信じられなくて、私は必死でこの状況を理解しようと頭を働かせる。そうして、ある結論に辿《たど》りついた。

——そうか。やっぱりこれは演技なんだ。

たぶんあのネットニュースが出たことで、周囲に婚約者がいることをアピールするパフォーマンスに違いない。あれ……でも、難波さんは？

ぐるぐる思考を巡《めぐ》らす私の前で、神野さんが濃紺のケースを開いた。そこには、ライトを反射してキラキラと輝く白金《プラチナ》の指輪があった。リングの中央に嵌《は》まっている透明の石は、可愛いハート形。しかも見たことがないくらい大きい。私は、その指輪の美しさに息を呑んだ。

凄い――

「沙彩」

「はっ、はい」

名を呼ばれてハッと我に返り、顔を上げる。すると真剣な顔をした神野さんが目に入った。

「驚かせるようなことをしてすまなかった。……俺は、他の誰よりもお前を愛している。それを皆の前ではっきりさせたかった。沙彩――どうか俺と、結婚してほしい」

「――っ！」

演技だと分かっている。それでも、神野さんの言葉の威力がすさまじくて、私は口に両手を当てたまま後ろによろける。そんな私の腰を神野さんが咄嗟《とっさ》に支えてくれた。

まるで出会った時のように。

神野さんの告白に衝撃を受けたのは私だけじゃなかった。周囲の人々から、驚きと感嘆のため息が漏れる。

「沙彩、返事は？」

未だに衝撃で呆然とする私に、神野さんが返事をせっついてきた。思わず私は、何度か大きく頷いた。

「……はい、よろしくお願いしますっ……」

私が返事をすると、わっと周囲が盛り上がった。惜しみない拍手と、はやし立てるような指笛の音も聞こえてきて、会場全体が歓声に沸く。

神野さんは満足そうな笑みを浮かべ、私の左手の薬指に指輪を嵌《は》めた。

「……綺麗……」

——私のための指輪じゃないけど、凄く綺麗だな……それに、なぜかサイズもぴったりだ。

私が思わずうっとりと指輪を眺めていると、頭の上から神野さんの声が降ってきた。

「ここにいる全員が証人だ。お前は今、正式に俺の婚約者になった」

「え、正式に……？」

神野さんを見つめて聞き返す。だけど神野さんはニヤッと意味ありげに笑うだけで、それ以上詳しくは話そうとしない。それどころか、すぐに私から離れて周囲から掛けられる祝福の声に、笑顔で応《こた》えていた。

ここでスタッフの人が再び神野さんにマイクを手渡す。

「皆様、ありがとうございました。無事に彼女から承諾してもらい、今後は夫婦で今まで以上に神野家を盛り立てていきたいと思います」

さらっと言われた、「夫婦」という言葉に、私の顔から火が出そうになった。

「本日はお忙しい中、極めて私的な催《もよお》しにご参加くださり感謝いたします。ささやかですが食事をご用意しておりますので、どうぞお時間の許す限りお寛《くつろ》ぎいただければと思います」

神野さんの合図と共に、場内は和《なご》やかなムードの歓談タイムになった。

私はここぞとばかりに神野さんにこの状況を説明してもらおうと近づく。だけどあっという間に彼の周囲には人だかりができてしまった。

「神野、おめでとう！」

「ついに年貢の納め時かー！　この色男が」

神野さんの友人と思《おぼ》しき若い男性が、代わる代わる彼を祝福する。

私がおどおどしながらその光景を見守っていると、急に神野さんが私の方を見た。

「沙彩、こっちへ」

手招きされて彼の隣に行くと、近くにいた男性を紹介された。渡された名刺を見ると、スポーツ紙の記者とある。

「こいつは学生時代からの友人なんだが、俺たちの馴《な》れ初《そ》めが知りたいらしい。話してもいいか？」

「は、はい」

目の前でにこやかに微笑む神野さんの友人に、私も笑みを返す。その直後、神野さんが、すらすらと私たちのことについて話し始めた。

「出会いはうちのビルだ。彼女は、俺がオフィスでうっかり零《こぼ》してしまったコーヒーを片づけに来てくれた、清掃作業員だったんだ」

——えぇっ!!　なに正直に本当のこと話しちゃってるの、神野さん!?

彼の突然の行動に私は青ざめる。だけど私の動揺などまったく意に介さず、神野さんはすらすらと話を続けている。

「見ての通り愛くるしい彼女に一目惚れして、俺からアプローチした。年齢や立場を気にする彼女を拝み倒し、どうにか付き合ってもらったんだ」

「ええっ!?　神野が拝み倒して……!?」

神野さんの告白に、周囲の友人たちがザワザワとざわめく。

「彼女は外見だけでなく内面も素晴らしい女性だ。年齢は若くとも非常にしっかりしていて、すぐに自分にとって彼女以上の女性はいないと思うようになった。だから、結婚を考えるのも自然な流れだった」

聞いている間、私は体中の毛穴という毛穴から湯気が出そうなくらい、恥ずかしかった。たとえこれが演技だとしても、好きな相手にこんなこと言われたら誰だって照れる。

「じゃあ、沙彩さんは神野のどんなところに惹かれたの？」

「えっ？」

急に話を振られ、弾かれたように前を向く。神野さんの友人だけでなく周囲の人たちまで、私の答えをニコニコしながら待っていた。

なにを言っていいか分からなくて頭が真っ白になってくる。すると、神野さんが私の耳元に顔を寄せ、こそっと囁《ささや》いた。

「フォローするから。好きなことを言っていい」

不安げに神野さんを見上げると、彼は柔らかく笑ってこくんと頷いた。その顔を見たら、不思議と緊張していた気持ちがほぐれて、少しだけリラックスすることができた。

「み……皆様はじめまして。筧沙彩と申します。あの……神野さんには魅力がありすぎて、どこに惹かれたのか、よく分かりません。始めは、言葉が少なくてぶっきらぼうだし、睨《にら》むと迫力あっておっかない人だと思っていたんですけど……」

私が神野さんに抱いた最初の印象を口にすると、あちこちから笑い声が上がった。

「でも、私が作った料理を美味《おい》しいと言って残さず食べてくれたり、全然興味がなさそうな場所にも、私が行きたいと言えば快《こころよ》く付き合ってくれたりしました。私が辛い時は側にいてくれて、優しく励《はげ》ましてくれました。そんな彼の優しさに触れるうちにドキドキして、一緒にいることが凄く幸せになっていったんです。気がついたら、彼のことが好きになっていました。私は、神野さんの全てが好きです」

自分の気持ちを正直に話したら、随分すっきりした。

晴れ晴れとした気持ちで隣にいる神野さんを窺《うかが》うと、私を愛おしそうに見つめる彼と目が合う。

その熱い視線に囚《とら》われ目が逸《そ》らせなくなった。私たちはしばらくの間、お互いにじっと見つめ合う。

「いやあ、二人の気持ちが伝わってきて、こっちまで照れるなあ……」

あてられた、と言って、神野さんの友人が呆れたように肩を竦《すく》める。

神野さんは、すかさず私の腰を抱き寄せ周囲に微笑んでみせた。

「ああ、見ての通りだ。彼女以上に愛しい存在などいない。生涯をかけて愛し抜く」

そして彼は、私の頭にちゅっとキスをした。

周囲からヒュー、とからかうような声が飛んでくる。

――うわああ……‼　甘い！　甘すぎです！

甘い言葉に、愛おしむような視線。それにボディタッチと神野さんのすること全てに胸がドキドキして、心臓がどうにかなってしまいそうだ。

だけどこれは演技。期待してはいけないと、必死に自分を戒《いまし》める。

同時に、本当に結婚するわけじゃないのに、どうして神野さんはここまでするのだろうと疑問に思った。

彼の真意を測りかねて、私の心にはどうしようもない不安がつきまとう。

その間も、入籍はいつなのか、結婚式の予定はいつなのか、どこでやるのかなど、周囲から様々な質問が飛んでくるが、神野さんが上手《うま》くかわしていた。

それからどれくらい歓談していたのか、私は神野さんに導かれる形で会場をあとにした。

背後で扉が閉まった瞬間、ずっと張り詰めていた気持ちが緩《ゆる》んで、足がもつれて転びそうになった。

「神野さん待って待って、こっ、こけそう……‼　って、それより、いいんですかあんなこと言っちゃって……」

「こっちこそ、お前には言いたいことが山程あるんだよ。いいからついて来い」

彼に手を引かれてエレベーターに乗る。神野さんはむっつりと口を引き結んだまま、言葉を発しようとしない。さっきまでの甘い雰囲気が微塵《みじん》もない彼の様子に、私の気持ちはしゅんっ、と萎《しぼ》んだ。

井筒さんは、今の私の気持ちを直接神野さんに言えと言ったけど、こんな雰囲気の神野さんに言っていいものか。だけど、言わなければ私、絶対に後悔する。

エレベーターを降りて、神野さんの背中を見ながらフロアを進む。そしてある客室の前で神野さんが立ち止まり、解錠してドアを開けた。

「入れ」

彼に促《うなが》されるまま、私はその部屋の中に足を踏み入れる。彼のあとに続き部屋の奥まで移動すると、そこはまるで神野邸のリビングのような広い客室だった。

見るからに高級そうな応接セットと、都会が一望できる窓からの景色。そして室内にあるドアを開けるとそこには大きなベッドが鎮座するベッドルームがあり、その奥には広いバスタブの置かれたバスルームがあった。これはどう考えても普通の客室ではない。その瞬間私はあることに気がついた。

「こっ……ここって、もしかしてスイートルームですかっ⁉」

「ああ」

「え、す、凄……」

部屋の豪華さに圧倒されていると、神野さんが無言で私に近づいてくる。彼は私の目の前で立ち止まり、おもむろに片膝をついた。

「沙彩。もう一度言う。俺の妻になって欲しい」

私は彼の口から出た二度目のプロポーズの言葉にぽかんとする。

これはさっきの続きだろうか。でも、周りに誰もいないのになぜ？

動揺して視線を泳がせていると、神野さんが眉根を寄せた。

「返事は」

「へ、返事って言われても……ここで婚約者を演じる必要があるんですか……？　……わ、私、井筒さんに忘れ物があるって言われて、ここに来たんですが……」

もう、頭の中はごちゃごちゃだった。

見るからにテンパっている私に、神野さんがクッと肩を震わせる。

「忘れ物は……俺だ」

「……は？」

忘れ物が、神野さん？

私がぽかんとして首を傾《かし》げると、可笑《おか》しそうにクックッと肩を震わせる神野さん。

「なんだその顔は。お前、俺の全部が好きなんじゃなかったのか」

「えっ……」

さっきのことを思い出して顔が熱くなる。今思えば、凄く恥ずかしいこと言ってしまった。けど、神野さんだって相当恥ずかしいことを言っていたし。

「あ……！　そうですよ……神野さん、私が清掃員してたって。あんなにたくさんの人たちの前で、本当のことバラしてどうするんですか！　なんのために私が出て行ったと……」

「お前、姿を消した日、俺と井筒に会いに来ただろう？　なぜ会わずに帰った」

あの日のことを思い出し、グッと言葉に詰まった。神野さんの言葉にショックを受けて引き返したなんて、本人には言い出しにくい。

「そ、それは……」

「俺や井筒に助けを求めに来たんじゃないのか」

全てお見通しか。観念した私は、あの日のことを話し始める。

「そうです……だけど、ドアの前で神野さんと井筒さんの会話が聞こえてしまって。それで……」

すると神野さんが不可解そうに眉根を寄せる。

「俺たちの会話？　それでなぜ姿を消すことになるんだ」

「……私を、正式な婚約者として周囲に紹介するのかって井筒さんに聞かれて、神野さんダメだって即答してたから……」

私がごにょごにょと答えると、ようやく合点《がてん》がいったとばかりに、神野さんが「ああ」と小さく声を発して立ち上がった。

「お前、俺たちの話を最後まで聞かなかったのか」

「えっ……？」

きょとん、として聞き返す。神野さんは腰に片手を当て、呆れた様子で髪を掻き上げた。

「正式な婚約者として周囲に紹介するのなら、お前の気持ちを確認しなければいけない。そんな当たり前のことを話していたんだがな」

「え、ええ――――っ！」

思わず私は、頭を抱えた。

――あの時、神野さんに否定されて、ショックで頭が真っ白になって……

「そ、そんな⁉　てっきり、私はやっぱり神野さんの婚約者には相応《ふさわ》しくないんだって思い込んでしまって……ご、ごめんなさい……」

私は慌てて、神野さんに頭を下げた。

会話を盗み聞きしたあげく、勝手に誤解して出て行ったなんて、恥ずかしすぎる！

でも誤解だったんだ。

その事実に、じわじわと嬉しさが込み上げてくる。

頭を上げ、再び神野さんと向き合う。彼はまだ納得していないという顔で、口を開いた。

「……それだけじゃないんだろう、出て行った理由は」

なにも言えず黙り込んだ私を見て、神野さんはため息をつく。

「お前がなにを考えて出て行ったのか、大体のところは分かっている。大方、俺に迷惑を掛けたくないとか、そういった理由だろう」

「……私の存在が神野さんの足枷《あしかせ》になってしまったらと思うと、どうしても耐えられなかったんです。だけど、契約途中なのに、なにも言わず出て行ったことは本当に申し訳なく思っています。ごめんなさい……！」

「ああ。さすがの俺も肝が冷えた。お前に会ったらどうしてやろうと思うくらいには腹も立ったな」

――ひいい……

けれども怖いことを言いつつ、神野さんの顔には笑みが浮かんでいる。

困惑して神野さんを見る私。すると再び私の前で片膝をついた神野さんが、その大きな手で私の左手を取った。

「早々に結婚相手を探さなくてはいけない状況で偶然お前と出会った。顔が好みという理由だけで荒唐《こうとう》無稽《むけい》な契約を結ばせて、俺の人生に巻き込んだ。だけど俺は、その相手がお前で良かったと思っている」

私の手を握る神野さんの手が熱い。

「じ……神野さん……それはどういう意味ですか……」

尋ねる声が自然と震える。そんな私に神野さんは優しく微笑んだ。

「お前のことが好きだ」

言われた途端、胸の奥をギュッと掴《つか》まれたみたいな、不思議な感覚に襲われた。

信じられないことが起こっている。夢みたいなことが……！

「嘘……」

神野さんを見つめ、うわ言のように呟くと私の手を握る彼の手に力がこもる。

「嘘じゃない。いつもまっすぐで一生懸命で。最初は、そんなお前に興味を持っただけだった。それがいつの間にか好意に変化して、気がついたら唯一無二の愛しい存在になっていた」

「神野さん……」

「俺はお前と結婚したい。この指輪は、お前のために俺が選んだものだ」

そう言って彼は私の左手を自分の口元に近づけると、薬指の指輪にチュッとキスをした。

この指輪を、神野さんが私のために……！

その事実に胸が締め付けられる。じわじわと嬉しさが込み上げるのと共に、私の涙腺が崩壊した。

「神野さんっ……私も、神野さんのことが好きですっ。ずっと、一緒にいたいです……っ」

ごしごしと手の甲で涙を拭《ぬぐ》っていると、立ち上がった神野さんが優しく抱き締めてくれた。

神野さんの手が私の頬に触れる。身を屈《かが》めて私の顔を覗《のぞ》き込み、そのまま、ちゅっと唇にキスをされた。

「……あの……いきなりされると、びっくりするんですけど……」

唇を離し私を見つめる神野さんに、照れながら小さく反論した。

「なにを今更」

神野さんが呆れた顔で切り返す。

「そっ、そうだけど！　でも、やっぱり緊張するんですっ！　好きな人を前にすると！」

勢いで白状すると、神野さんが嬉しそうに笑った。

「それは光栄だな。そんなお前を、今すぐ抱きたいんだが」

「えっ……」

抱く、と言われ私は即座に硬直する。その様子に苦笑しながら、神野さんが素早く私の体を抱き上げた。

「ひゃっ⁉」

人生初のお姫様抱っこで連れて行かれた先は、大きなベッドが鎮座する寝室だ。

部屋の中央にあるベッドに私を静かに下ろすと、神野さんは身につけていたネクタイを外し、ジャケットとベストを脱いだ。

そしてベッドに乗り上げ、呆然と座り込んでいた私にゆっくりと唇を重ねる。

「ん……」

彼は頬に手を添え、ちゅっ、ちゅっ、と優しいキスを何度か繰り返すと、肉厚な舌を口内に差し込んできた。

まだ数えるくらいしか経験がないディープキスに、私は必死に息継ぎをしながら応《こた》えていく。

「んっ……あ……」

神野さんの舌が私の舌を絡《から》め取る。かと思えば今度は深く口づけられて舌を吸われた。

強弱をつけて唇を貪《むさぼ》りつつ、彼の手が服の上から私の乳房に触れてくる。

円を描くように掌《てのひら》を動かし、私の乳房を大きく揉み込む。

「あ……」

私の口から自然に漏れてしまう甘い声に、神野さんの口角が上がった。彼は私の背中に手を回すと、ワンピースのファスナーを下ろし、かろうじて肩に引っかかっていたワンピースを指で静かに落とした。

腰で止まったワンピースを体から取り去ると、私が身に着けているのは薄いピンク色のブラジャーとショーツのみ。そんな私をまじまじと見つめて、神野さんは目を細める。

「いい眺めだな」

彼は私の首元に手を伸ばすと長い髪を一房手に取り、自分の口に近づけてキスをした。

「お前の髪は綺麗だな」

「あ、ありがとうございます……」

見つめられて、改まって言われると照れてしまう。

髪から手を離した神野さんが、ブラジャーの肩ひもをするっと肩から外した。

「この胸も、大きくて張りがあって美しい」

そう言いながら辛うじて先端に引っかかっているブラジャーを指でずらした。すぐにぽろりと零《こぼ》れ出た私の乳房を、彼は大きな手で包み込むように揉みしだく。

「柔らかい」

神野さんはそう言って笑うと、片方の手を私の後ろに回し、ブラジャーのホックを外した。ふっと体の締め付けが無くなったと同時にブラジャーが剥《は》ぎ取られ、乳房が完全に露出する。それを待っていたように、彼は両手で私の乳房を包み込み丹念に揉み始めた。

私はその間どうしていいか分からず、黙って乳房を揉む彼の手を見つめていた。

「……あ、の……神野さん……」

「ん？　痛いか？」

「……痛くないです……けど、なんか、なんていうか……変な気持ちになります……」

胸を揉まれているだけでお腹の奥の方がきゅんとして、股間の辺りがむずむずするのだ。これを言葉でどう表現したらいいのかが分からなくて、私は眉を下げて神野さんを見上げる。

「ここは？」

すると乳房を揉んでいた彼の指が、つっと先端に触れた。

「……っひゃんっ！」

触れただけで身体がビクッと大きく反応してしまった。それに気を良くしたのか、彼は親指と人差し指で先端をつまみ、くりくりと擦り合わせる。

「あっ。ああんっ……！　そ、それ、だめっ……!!」

「……ふっ、乳首だけでもイケそうだな。じゃあ……これはどうだ」

言うや否《いな》や、彼は私の胸に顔を近づけ、舌で乳首をぺろりと舐《な》めた。

「やっ……!!」

指で触れられるのとはまた違う感触。熱くざらりとした舌が乳首に触れるたびに、ビリビリと背筋を電気が走るみたいな感覚に襲われた。

神野さんは、舌で何度も何度も先端を攻める。舌先を尖らせて突《つつ》くようにしたり、口の中に含んで飴玉のように舐《ねぶ》ったり。彼の愛撫《あいぶ》に体を仰《の》け反《ぞ》らせ、私は快感に悶《もだ》える。

――胸の先がジンジンする……それに体が熱い……

気づけば胸を弄《いじ》られただけなのに、すでに私の股間は、今にも彼を受け入れられるくらい充分に潤《うる》んでいた。自分でもこんな風になるなんて思いもしなかっただけに、ひどく戸惑い思わず太腿を擦り合わせてしまう。

こんなぐじゅぐじゅに濡れてしまった股間を神野さんが見たら、なんと思うだろう。いやらしい女、と思って嫌われたりしないだろうか……

そんなことばかり気になっていた私は、いきなり神野さんに大きく足を開かれ現実に引き戻された。

「えっ!? な、神野さんなにを……」

「さっきから、何度も膝を擦り合わせていただろ。ここ……」

妖艶《ようえん》な笑みを浮かべて言った彼は、ショーツのクロッチ部分を指でつつ、と撫でる。

「ひゃっ！」

急に触れられ、体がビクッと跳ねた。

そんな風に触れられたら濡れているのがバレてしまう……！

私は焦って、足を閉じようと力を入れた。

けれど私の予想に反して、神野さんの顔がやけに嬉しそうに見える。

「ショーツの上からでも分かるくらい濡れてるな。触ってほしかったのか？」

「や、やだっ！　そんなこと言わないで……こんなに濡れちゃって、恥ずかしいのにっ……！」

私は両手で覆《おお》った顔を彼から背《そむ》ける。すると神野さんが顔を覆《おお》う私の手を掴《つか》み、手の甲にちゅっと口づけた。

「恥ずかしいことなんかない。これは、お前が俺の愛撫《あいぶ》で感じてくれてる証拠だ。男なら誰だって喜ぶ」

「ほ、本当に……？」

思いがけない言葉が返ってきて、おずおずと彼を見つめる。

「ああ。可愛いよ、沙彩」

「えっ……」

神野さんの口から『可愛い』なんて言葉が出てくるなんて。

私が驚きで固まっていると、くすっと笑った神野さんが唇にチュッとキスをしてきた。

見たことがないくらい甘い雰囲気の神野さんに戸惑い、恥ずかしくて顔が熱くなってくる。

「だから……もっと溢《あふ》れさせたくなる」

神野さんが再び私の足を大きく開いた。彼はその間に自分の体を入れて、私のショーツに手を掛ける。

「やっ……」

止める間もなく一気にショーツを脱がされて、私は一糸纏《いっしまと》わぬ姿にされた。

服を着ている神野さんの前で私だけ裸にされると、なんだか急に心細くなる。そんなことを思っていたら、神野さんがおもむろに着ていたシャツを脱ぎ捨てた。

目の前に現れた男らしく引き締まった体に、何度も見ているはずなのに目が奪われてしまう。厚い胸板と、割れた腹筋。均整のとれた神野さんの体に、私の胸がドキドキと騒ぎ出す。

思わずうっとりと見つめていたら、彼がおもむろに私の股間に顔を近づけてきた。

その行動に驚き、私の喉がひゅっと鳴る。

「ちょ……じ、神野さん、なにをして……っあああっ!!」

私が彼を制止しようと腕を伸ばしたその時、彼の舌が私の敏感な花心を突《つつ》いた。

その瞬間、ビリビリッと一際強い電流のようなものが背筋を流れる。

これまで以上の強い快感に、私は背を反《そ》らせて身を震わせた。

「あっ!! や、やめっ……あぁっ……!!」

やっ、なにこれ、なにこれ! 神野さんが私のアソコを舐《な》め……!!

あまりに恥ずかしすぎるこの状況から逃れたい一心で、私は必死に足を閉じようとする。けれど、両足の付け根を、彼にがっちりと押さえられていて動かすことができない。

「なにをしてる」

じたばたしている私に、神野さんが足の間からチラッと顔を上げる。

「なにって、神野さんこそ、やめっ……きゃっ!!」

彼は私の抗議に構わず、再びソコに顔を埋《うず》めた。そして、敏感な花心を舌で突《つつ》いたり、優しく嬲《なぶ》る。そのたびに、私は強すぎる快感に身悶《みもだ》え、体をビクンビクンと大きく跳ねさせた。

「あああんっ! ……いや、もうっ……」

「そうか？　だが、ここは嫌がっていないようだぞ？」

そう言うと、神野さんが私の膣《ちつ》の入り口に唇を当て、ジュルジュルと音を立てて蜜を吸い上げた。

「んんんんッ――や、あああっ!!」

股間にかかる神野さんの吐息と、吸われることで生まれる激しい快感に、軽いめまいすら覚える。

呼吸を荒らげながら、私は今にも意識が飛びそうになっていた。

体を起こした神野さんは、蜜で濡れた唇を指で拭《ぬぐ》いながら、妖艶《ようえん》な眼差しで見下ろしてくる。

「一度イッとくか」

「へ……？」

彼は朦朧《もうろう》とする私の股間に再び手を伸ばしてきた。そして、襞《ひだ》を指で捲《めく》り、ぷっくりとした花心を露出させる。彼はたっぷりと蜜を絡《から》めた指で、そこをクニクニと弄《いじ》りだした。

たちまち、私の腰は大きく跳ね上がってしまう。

「やっ!!　ダメッ、それダメですっ……!!」

ダメと言っても、神野さんはまったく聞き入れてくれない。それどころか、彼の指の動きはどんどん速くなっていく。

花心を指で円を描くように優しく撫でたり、時々指でピンと弾いたりされて、とめどなく快感が押し寄せてくる。

「ああんっ、やっ、もうむりい……っ！」

イヤイヤと頭《かぶり》を振って神野さんに必死でアピールする。

「イヤというわりには、随分と膨らんで赤く色づいているが……？」

言いながらまた股間に顔を寄せた神野さんが、花心を強く吸い上げた。

「ひっ……やあああ！」

与えられる快感が大きすぎて、じっとしていることができない。私は彼の愛撫《あいぶ》に、シーツを握りしめて必死に耐え続けた結果、早々に達してしまった。

「あああっ……んんっ――!!」

ビクビクと体を痙攣《けいれん》させ、私は足を広げたままくったりとベッドに身を預ける。

「イッたな」

ハアハアと肩で息をして神野さんを見上げると、彼も随分と汗をかいていた。その時ふと、彼のスラックスの股間が大きく膨らんでいるのが目に入って、つい顔が熱くなってしまう。

――私に、反応してくれてるってことなんだよね。やばい、凄く嬉しい……

こっそりと喜びを噛み締めていたのだが、彼は私にそのような猶予《ゆうよ》は与えてくれないらしい。彼はなにも言わず、私の中につぷりと指を挿し込んできた。

達したばかりで敏感になっているところに、いきなり指を入れられて、私の体はまたもやビクン、と震えた。

「あんっ!!　や、ダメですっ、まだ……」

「もう少しじっくり進めてやりたいとは思うが、悪いな。そろそろ俺も限界なんだ」

そう言って、熱くなった股間を足に押しつけられる。

「あ……」

彼の昂《たかぶ》りをはっきりと感じて、なにも言えなくなってしまう。熱くなって黙り込んだ私に、神野さんは苦笑した。

指は何度も私の中を行き来する。時折聞こえるグチュグチュという水気を帯びた音が、余計に羞《しゅう》恥《ち》を煽《あお》っていく。神野さんの指が膣壁《ちつへき》を優しく撫でていくたびに、もっと彼を感じたいという欲求が生まれ始めた。

「んっ……、じ、神野さん……」

私が彼に両手を差し出すと、神野さんは片手で優しく抱き締めてくれ、私にキスをくれた。舌を吸われ、キスの余韻でうっとりしていると、乱れた前髪を指で払いのけながら神野さんがフッと息をつく。

「そろそろいいか……？」

私を気遣いながら、神野さんが静かに尋ねてきた。若干苦しげな吐息がまざる声に、彼がここまでの間に随分我慢していてくれた様子が感じ取れた。

私を気遣ってくれたのかと思ったら、彼のことが愛しくてたまらなくなった。

「はい……」

私は神野さんの目を見つめ、小さく頷く。それを合図に神野さんが私から指を引き抜き、性急にスラックスとボクサーショーツを脱いだ。そして、どこからか取り出した正方形のパッケージを破ると熱く滾《たぎ》った自身に被せる。

——あ、来る……

大きく自己主張する彼の昂《たかぶ》りが、私の潤《うる》んだソコに押し当てられた。彼は熱を持った両手で私の腰を掴《つか》み、ゆっくりと熱い楔《くさび》を中へと沈めていく。

「あ、ああ……」

思わず目をギュッと瞑《つむ》ると、すぐに心配そうな彼の声が聞こえてきた。

「辛いか？」

即座に首を横に振った。だって全然痛くない。それどころか、体の奥深くに神野さんを感じることができて、幸せでたまらないのだ。

「神野さん、好きっ……」

彼への気持ちが溢《あふ》れ出して止められない。私は神野さんに向かって両手を伸ばす。

一瞬、神野さんが驚いたみたいに目を丸くしたけど、すぐに優しく微笑み、私の体をぎゅうっと強く抱き締めてくれた。

「……意外と男を手玉に取るのが上手《うま》いな」

私の耳元で彼が囁《ささや》く。

「え？」

「いや……動くぞ」

言うなり神野さんはすぐに抽送《ちゅうそう》を開始した。始めはゆっくりとなにかを確かめるような動きだったのが、段々速度を上げていく。

「んはっ……あっ、あっ……」

熱い杭《くい》に膣壁《ちつへき》を擦られると、ゾクゾクと体が震えた。

勢いよく穿《うが》たれるたびに体が上方に押しやられ、ベッドの端に頭がぶつかりそうになる。それに気づいた神野さんは、ベッドと私の頭の間に枕を差し込んでくれた。

「んんっ、じんのさ、ん……」

「っ、沙彩……」

熱く硬い屹立《きつりつ》で激しく私を穿《うが》ちながら、神野さんが私の頬を撫でる。そのまま顎《あご》を上げられ、唇を塞《ふさ》がれた。

「んっ……」

お腹の奥で彼を感じながらするキスは、たまらなく情欲をそそられた。互いの唾液が絡《から》まり、クチュクチュと音を立てる。それがなんとも淫《みだ》らに聞こえて、私のお腹の奥がキュンとしてしまう。

しばらく抽送《ちゅうそう》を続けていた神野さんが、おもむろに体を起こした。彼は額《ひたい》に落ちた髪を掻き上げながら、まだ硬さを保っている剛直を私の中から引き抜く。

そして、ベッドに足を投げ出して座った神野さんが、私を自分の上に誘う。

「っ、沙彩……ここに来い」

「の……乗るんですか……？」

「ああ。跨《また》がれ」

おずおずと体を起こし、神野さんの上に跨《また》ろうとした私は、あることに気づいて動きを止めた。

「い、入れ……？」

まさか……という思いで彼を見る私に、神野さんはニヤリと笑う。

「そうだ。ゆっくりでいいから、自分で入れろ」

私が入れるのを躊躇《ためら》っていると、神野さんが「ほら」と手を差し出してきた。

「……わ、分かり、ました……」

渋々その手を取り、神野さんの肩にもう片方の手をかけ彼の体を跨《また》ぐと、ゆっくりと自分の中に彼の剛直を沈めていく。

「ん……」

小さく息を吐き出しながら、彼の太腿の上に座ると深いところに剛直が当たる。

彼を深い位置で感じられるこの体勢、わりと好きかも、と思った。

でも自分で入れる、というのが恥ずかしくてすぐ目の前にある彼の顔が見られない。

「やだ、神野さん恥ずかしいから見ないで……」

「それは無理だな。恥ずかしがるお前の顔は余計にそそる」

「悪趣味……っ！」

むくれながら神野さんの首に腕を回す。座った状態でこんなに近くから彼を見ることってそうそうない。だからだろうか、さっきよりも胸がどきどきと騒いでいる。

切れ長の美しい目と、きりっとした眉。すっと筋が通った鼻梁《びりょう》に薄い唇。間近で見ると、それぞれのパーツが絶妙なバランスで配置されているのがよく分かる。

――綺麗な顔。こんな素敵な人と私が結婚するなんて、嘘みたいだ。

「……どうした?」

ぽうっと彼を見つめていた私の顔を、神野さんが不思議そうに覗《のぞ》き込んでくる。

「え、いえ。その……私、神野さんのことが、凄く好きだなあって……」

しみじみと思っていたことを伝えたら、私のお腹の奥にいる彼の剛直が質量を増したように感じた。

「っ!?」

――なにっ、今、なんか急に大きく……!?

いきなりの変化に驚き戸惑っていると、彼の手ががしっと私の腰を掴《つか》んだ。

「……お前……優しくしてやろうと思ってたのに、できなくなるだろうが」

「えっ!? なんで……キャッ!!」

言葉の途中で、神野さんが腰を突き上げてきた。この体勢だと、これまでより深く彼の剛直がお腹の奥に当たって、なんだかおかしな気持ちになる。

「あっ、これっ、ふか……深いですっ、あっ、んっ!!」

なす術《すべ》もなく彼に縋《すが》っていると、神野さんはさらに突き上げを激しくして私を攻め立てる。

「……んっ、じんのさんっ……」

私は彼の頭を掻き抱きつつ、彼から与えられる快感に体を震わせた。彼もまた息を荒らげながら、恍惚《こうこつ》とした表情で私を見つめている。

「沙彩、舌を出せ」

「っ、は……」

言われるがまま舌を差し出すと、神野さんがそれを吸う。そして、突き上げと共に上下に揺れる乳房を鷲掴《わしづか》みにし、形が変わる程こねくり回された。

「……っ、そろそろイくぞ」

苦しげな表情の神野さんが私の耳元で囁《ささや》いた。私はこくこくと頷いて彼を抱き締める腕に力を込める。すぐに彼の突き上げる動きが激しくなった。

今ですら体がわなないてどうしていいか分からないのに、これ以上されたら私はどうなってしまうのだろう。

「んっ、あああっ、だ、だめえ……そんな激しくしちゃ……」

「っ、もう俺から逃げられないと、体に覚えさせせないとな……！」

「あっ、やあ……も、逃げ、なっ……ああっ！」

一際強く、奥を穿《うが》たれた直後、私は絶頂を迎え背を反《そ》らした。せり上がる快感に頭が真っ白になって、なにも考えられない。

神野さんは「くっ……」と呻《うめ》き声を上げて強く私を抱き締める。お腹の奥にある彼の灼熱《しゃくねつ》がビクビクッと震えて、爆《は》ぜた。

私たちはきつく抱き締め合ったまま、ハアハアと肩で息をし呼吸を整える。

「……沙彩」

私の頬にかかった髪を指で払いながら、神野さんが唇に優しくキスをしてくれた。それは、今までしてきたキスの中でもとびきり優しくて、甘い。

神野さんへの思いがぶわっと溢《あふ》れてきて、ポロリと口から零《こぼ》れ出る。

「神野さん……、だい、大好きですっ……」

お腹の奥にある神野さんを感じながら、私は彼の首にしがみつく。すると彼も、私の体に腕を回してきつく抱き締め返してくれた。

「ああ……俺もお前のことが好きだ」

彼からの愛の言葉が嬉しすぎて私の目が自然と潤《うる》んでくる。

神野さんがこんなことを言ってくれるなんて。

嬉しすぎて、涙が止まらなかった。

「もう、逃がさないからな」

「……はい……」

――ずっとこのまま、あなたの側に……

逃げることなど考えられない。だって、私はすっかり彼の魅力にはまってしまった。

俺様だけど本当はとても優しいこの人は、私のご主人様であり誰より愛する人なのだから。

お互いの気持ちを伝え合い、思う存分体を重ねた私たち。ホテルを出たのは翌朝だった。家に帰る前に、ロッカーに預けてあった私の荷物を回収する。そうしてようやく、井筒さんの運転する車で神野邸に向かった。

公開プロポーズされたパーティーは、神野さんの案だという。

「……婚約者として周囲に紹介するのは、私の気持ちを確認してからではなかったんですか……？」

あの言葉は嘘だったのか、とばかりに神野さんをじろりと睨《にら》む。だけど彼は痛くも痒《かゆ》くもなさそうに私をちろっと見ただけで、前を向いてしまった。

「それはあの時点での話だ。お前が俺から逃げたとなればそうも言ってられまい」

「す、すみません……」

後部座席の神野さんの隣で、私は身を縮こまらせた。

「お前をおびき寄せるためにセッティングしたが、一度に認知させるには丁度よかったな。急な呼び出しにしては人も集まったし、周囲の反応も上々だった」

突発的なパーティーを、すぐにあんな高級ホテルでできちゃうんだから、お金持ちはほんとわけ分からん……

私はこれから先、この人の金銭感覚についていけるのだろうか、とちょっと不安になった。

「ネットニュースで、早速あなたと神野のことが話題になってますよ」

「え？　ネットニュース……？」

私が井筒さんに聞き返すと、彼のいつも持ち歩いているタブレットを神野さんから手渡される。

「ホームボタンを押してみろ」

指示されるがままボタンを押す。すると画面にネットニュースのページが現れた。指で記事をスクロールしていくと、こんな見出しが目に飛び込んでくる。

『経済界のプリンス、ついに婚約！　お相手はなんと清掃スタッフ！』

――えっ。なにこれ。

反射的に記事の見出しをタップした。そこには、昨日の公開プロポーズの詳細が写真付きでばっちり書かれている。

「えぇーーっ!!　な、なんでこんな……」

タブレットを持つ手が震えるくらい動揺していると、隣にいる神野さんが冷静に口を開く。

「なにを驚く。あの場でスポーツ紙の記者にいろいろ喋《しゃべ》っただろう？　こうなることを見越してインタビューに応じたんだ。その記事は、なかなか好意的でお前に対する印象も良い。むしろ喜べ」

――私、一夜にして有名人になってしまったってこと？　これからの日々が思いやられる……

そこでふと、私の頭にある人物の顔が浮かぶ。

「あ！　でも、これを見たら、神野さんのお母様がなんて思うか……」

「その件は、昨日母に全て話した。最初は驚いていたが、俺が選んだのならどんな女性でも問題ないそうだ。お前ともまた会いたいと言っていたぞ。だから、お前が心配するようなことはなにもない」

「ほ……本当ですか！　良かった……」

ほっと胸を撫で下ろしていると、運転席の井筒さんがふふ、と笑った。

「奥様に、いかに自分が彼女を愛しているか熱弁した話は、しないのですか？」

「え？」

「井筒」

私が聞き返したのとほぼ同時に、神野さんが慌てたように井筒さんを睨《にら》む。

今の話は本当なんだろうか。でも、ちょっと照れたようにムッとしている神野さんを見ると、どうやら本当っぽい。

――どうしよう、凄く嬉しい……

顔を手で隠しながら、私は喜びに浸《ひた》った。

でもすぐにあることを思い出し、ハッとした。

「そうだ、難波さん！　私、バイトの途中で彼女に遭遇して、出自がバレちゃったんです。ど、どうしましょう……！」

私が慌てていると、運転席の井筒さんが大きくため息をついた。

「以前、難波嬢の言動など気にしなくていいと言いましたよね。彼女の脅《おど》しなどに屈して姿を消すなんてなにをやっているんですかあなたは」

完全に呆れている井筒さんの冷たい声が、グサリと突き刺さる。

「ごめ、ごめんなさい……だってマスコミにリークするとか言われたら、ビビるじゃないですか……私、神野さんの足手まといにはなりたくないですし……」

後部座席でしゅん、と小さく縮こまる。すると隣の神野さんが頭を撫でてきた。

「難波のことはすでに解決済みだ」

「ほ……本当ですか？　もしかして神野さんが彼女と話し合ってくれたんですか……？」

すぐ聞き返すと、神野さんは優しい笑顔で大きく頷いた。

「ああ。今後はお前になにか言ってくることもないだろう」

「よかった……ありがとうございますっ……！」

「これに懲《こ》りて、今後は一人で物事を抱え込むのはやめるんだな」

「肝に銘《めい》じます……」

ぴしゃりと言われてぐうの音《ね》も出ない。でも私のために神野さんが動いてくれたことが、心から嬉しかった。

――そっか、難波さんのことはもう心配しなくていいんだ……

心配していたことが問題なくなったと知り、私は胸のつかえが取れたようにすっきりした。

「しかし……神野とは長い付き合いですが、あなたが消えた夜から昨日までの顔はなかなか興味深いものがありましたね」

井筒さんが運転席でぼそっと呟く。正面を向いているのでどんな顔をしているのかは分からないけど、なんだか声が楽しそう？

ちらりと隣の神野さんを見ると、もの凄く不機嫌そうにむっつりと口を真一文字に引き結んでいる。

――神野さん、私のことそんなに心配してくれてたの？

だとしたら嬉しくて思わず顔が緩《ゆる》んでしまう。

「そんな神野さんの顔なら、私も見てみたかったなー、なん……」

なんて冗談です、と明るく言おうとしたら、薄笑いを浮かべた神野さんにがしっと顎《あご》を掴《つか》まれた。

「一体、誰のせいだと思っている？」

「ごめんなひゃい……わらひでふ」

今の神野さんからはホテルでの甘い雰囲気は微塵《みじん》も感じられない。あの時の彼はどこへ行ってしまったのだろう……と、ちょっとだけ寂しくなったのだった。


神野邸に到着し、服を着替えてリビングに行くと、神野さんが私を手招きする。

「沙彩、ここへ」

「はい」

言われるままソファーに浅く腰掛けると、神野さんがスーツの内ポケットからなにかを取り出した。

「これなんだが」

そう言って、一通の封筒を私に手渡してきた。

「なんですか、これ？」

首を傾《かし》げつつ封筒の中に入っている薄い紙を取り出す。三つ折のそれを何気なく広げた私は、用紙の左上に書かれている文字に目が釘付けになった。

「これ……こ、婚姻届って!?」

もちろん存在は知っていたけど、見るのは初めてだ。

——うわー、本物だ……!!

喜びと同時に、本当に彼は私と結婚してしまっていいのだろうかという不安がよぎる。

「ああ。ここに、お前の名前と印鑑を」

「え、もう書くんですか？　本当に大丈夫なんですか!?　やっぱり私じゃダメってことになったりしませんか!?　お母様はよくてもお父様がダメって言ったりとか……」

焦る私の話を黙って聞いていた神野さんが、ため息まじりに口を開いた。

「ならない。もちろん父にも報告したが、母から全て聞いていたらしくて特になにも言われなかった。その証拠に証人の欄、見てみろ」

「え？　証人……」

手にしていた婚姻届の右上を見ると、証人の欄にはすでに名前が書き込まれてあった。

それは、神野さんのお父様とお母様の名前。

「ええっ、神野さん、これって……」

「だからさっき言っただろう。うちの両親はもうお前を受け入れる気満々だ」

「ほ、本当に……!?」

「ああ」

優しく微笑む神野さんを見たら、感極まって泣きそうになった。

——嬉しい。私、本当に神野さんと結婚できるんだ。

現在の、神野ホールディングス社長である神野さんのお父様には、まだお会いしたことがない。彼と本当に結婚するなら、近いうちにちゃんとご挨拶《あいさつ》に伺《うかが》わなければ。もちろんお母様にも。

「お前が心配するようなことはなにもない」

神野さんにペンを渡されながら断言され、私の中の迷いが吹っ切れた。

「はい！」

私はペンを持ち婚姻届に名前を書き始めた。だが、緊張しすぎて手が震えてしまう。未だかつて自分の名を書くだけのことにこんなに神経を使ったことがあっただろうか。いや、ない。

「よし」

無事に署名、捺印を済ませると、神野さんはそれを封筒に入れ懐《ふところ》にしまった。

「それを提出したら神野さんと夫婦になれるんですね……なんだか、まだ信じられません」

「近々、一緒に役所に行くぞ。ところで……お前、なんだその格好は？」

「え？　ああ……」

彼の視線を受けて自分の格好を見下ろす。私は今、彼からもらったメイド服を着ていた。

「お前はもう契約でこの家にいる訳じゃない。確かに俺も、面白がってお前に着るよう命令したが、今後はそんなもの着なくていいんだぞ」

神野さんはそう言ってくれるけど、実は私、意外とこの格好を気に入っていたりする。

「いえ、せっかくいただいたのに着ないなんてもったいないです。それに、ずっとこれを着て家事をしていたので、私にとってはユニフォームみたいなものなんです。これを着るとよしやるぞ、と気合が入りますし」

両手で握り拳《こぶし》を作りぐっと握ると、神野さんが胡乱《うろん》げに尋ねてくる。

「お前……まさかと思うが、俺と結婚したあとも、その格好で家事をやるつもりか？」

「はい、そのつもりですけど。私、体を動かしている方が好きですし、毎日ただ神野さんの帰りを待ってるだけなんて性に合いませんから」

私は元々じっとしていられない性分だ。忙しく動き回っている方が生活に張りが出る。なにより、それが好きな人のためならなおさらだ。

私が彼を見つめ返事を待っていると、神野さんの表情が緩《ゆる》んだ。そして「フッ」と可笑《おか》しそうに破顔する。

「家で待っててくれるのは嬉しいが、将来社長夫人となるお前には、今後も勉強してもらうことが山程ある。のんびりしている暇などないぞ？」

「の……望むところです！　神野さんと一緒にいられるなら、なんだってやります！」

「そうか」

私の返事に笑みを深めた神野さんが、私の腰に腕を回す。そのまま引き寄せられて、彼の胸に体が押し付けられた。

「愛してる」

私を見つめて甘い言葉を囁《ささや》いた神野さんが、私の唇にチュッと触れるだけのキスをした。

すぐに井筒さんの存在を思い出し、私は慌てて彼の姿を探すが、いつの間に出て行ったのかこの部屋にはいなかった。

「沙彩、好きだ」

私は、笑顔で神野さんの体に手を回す。

「……私も、愛してます……ご主人様……」

御曹司の彼との結婚生活は、庶民の私にとっては苦難の道かもしれない。だけど、これまでのどんな苦労も乗り越えてきた私ならきっと大丈夫。ううん、これからは神野さんがいるんだもの、二人なら余裕で乗り越えることができるはずだ。

彼の手が私の背中に触れ、グッと体を引き寄せられる。

その温もりは、私の心まで温めてくれる。あまりの心地よさに、私はうっとりと目を閉じた。

そして、この温もりがいつまでも側にありますようにと、切に願うのだった。

後日……

神野グループの社長令息である神野征一郎が、勤務するビルの清掃作業をしていた女性と結婚したというニュースは瞬《また》く間に関連企業に広まった。それは企業だけに留まらず、連日ワイドショーで取り上げられ、好意的に世間に広まっていった。

その影響か、神野ホールディングスの株価が一時ストップ高に。恩恵を受けた関連企業の株も軒並み上昇するという事態になった。

清掃作業員から御曹司夫人となった私は、現代版シンデレラだと、しばらく若い女性たちの関心を集めることになったのだった。

番外編　愛していると言って、旦那様

その日は、とても慌ただしい一日だった。

婚姻届を出す前に神野さんと一緒に両親の墓参りをして結婚の報告をし、その足で彼のご両親が住む別荘に行くことになった。

初めて会った神野さんのお父様は、見た目は神野さんを渋くした感じのダンディなおじ様だ。

「君が沙彩さん？　可愛らしいお嬢さんだ」

そう言って私を見てにっこり笑った顔がとっても素敵で、つい見惚《みと》れてしまった。

——神野さんも、将来こんな感じになるのかな？

そんなことを想像していたら緊張してしまい、あまり会話は弾まなかった。でも緊張でガチガチの私に、お義父《とう》様は優しく「征一郎をよろしく」と言ってくださったのが、凄く嬉しかった。

両親が他界してから一人で生きてきた私に、また家族というものを与えてくれた神野さんには本当に感謝しかない。

その帰りに、無事婚姻届を提出して私は正式に神野沙彩になった。

こうして私と神野さんの新婚生活が始まったのだった。

入籍を済ませてから数日後。いつものように夕食を作り神野さんたちの帰りを待つ。

今日の夕飯は外食の多い神野さんの体のことを考えて、挽肉《ひきにく》に豆腐を混ぜた豆腐ハンバーグをメインにした。照り焼き風のソースを仕上げ、付け合わせのインゲンを炒めながら、ふと思う。

——これまで深く考えずに食事の支度をしてきたけど、正式に神野さんの奥さんになったからには、もっとレパートリーを増やした方がいいのかな……？　それに栄養のこともっと考えるべきだよね……

キッチンで考え込んでいると、不意にインターホンが部屋に鳴り響く。これは二人が帰ってきた合図だ。コンロの火を消し急いで玄関へ向かうと、見慣れない紙袋を手にした神野さんと井筒さんがいた。

「お帰りなさい！」

私の姿に気づいた神野さんが、フッと微笑む。

「ああ」

当たり前のように彼の手が伸びてきて私の腰に巻き付く。引き寄せられた私は、そのまま神野さんの腕の中にすっぽりと収まった。

「ただいま。いい子にしてたか」

「いい子って。子供じゃないんですから……」

神野さんはむくれる私を見てハハッと声を上げて笑うと、私の腰を抱いてリビングへ向かう。

二人は私が作ったハンバーグを美味《おい》しい、と言ってぺろっと食べてくれた。そして食後のお茶を煎《い》れていると、神野さんがなにか思い出したように席を立つ。

「そうだった。沙彩、時間のある時でいいからこれを見ておいてくれ」

戻ってきた彼は、手にした紙袋から次々と白い大きな封筒を取り出し、それらをダイニングテーブルの上に置いた。

——なんだ？

不思議に思って、神野さんに尋ねる。

「神野さん……？　あの、これは」

「結婚式場とドレスのカタログ、あとは新婚旅行のカタログだ」

ネクタイを緩《ゆる》めながらリビングのソファーに腰を下ろした神野さんが、サラッと言い放つ。その言葉に驚いて思わず「あっ」と声を上げてしまった。

——結婚式！　入籍できたことが嬉しすぎて、全然考えもしなかった。だけど……

私は目の前に置かれたカタログの山を見て困惑する。

「こ、こんなにたくさん……式場のカタログだけでも相当ありますよ？」

ダイニングテーブルの席につき、積み重なっている一番上から順に手に取って見る。どれも有名なホテルや、私でも名前を聞いたことがある老舗《しにせ》の結婚式場だ。

「そうか？　とりあえず近場のものを集めたのだが。決定権はお前にやるから、好きなところを選ぶといい」

「私が!?　選ぶ!?」

――えっ……この膨大な資料の中から私に結婚式場を選べと!?

神野さんの無茶ぶりに私は激しく狼狽《ろうばい》した。

「ちょちょちょ、ちょっと待ってください。こんなにたくさん、しかもどこも立派なところばかりで、私にはさっぱり……」

「俺も特にこだわりはない。お前が気に入ったところならどこでもいい」

「そ、そんなこと言われても……」

困惑しながら、何気なく取ったカタログをパラパラと捲《めく》る。それは老舗《しにせ》ホテルでのウエディングで、併設された白いチャペルがキラキラしていてとても素敵だ。カタログを見ているだけでもうっとりとため息が出ちゃう。

――だけど……

こんなところで結婚式ができるなんて、普通の女性なら大喜びだろう。私だって、本当は涙が出るくらい嬉しい。でも嬉しさと同じくらい、躊躇《ためら》ってしまうある理由があった。

「……私、結婚式に呼べるような親族はいませんし、バージンロードを一緒に歩いてくれる家族もいませんよ……？」

そう。チャペルでイメージするのは、バージンロードを父親と腕を組んで歩く花嫁。それに披露《ひろう》宴《えん》の最後で花嫁が両親に手紙を読んだりする。これが私の中にある結婚式のイメージ。天涯孤独の私はどれもすることは不可能だ。

しかし、そんな私の申し出に、神野さんは特に顔色を変えることもなく、平然としていた。

「そんなことは分かっている。だから結婚式は俺とお前だけでやるつもりだ」

「えっ……？　本当ですか？」

「ああ。まあ、井筒くらいはいてもいいがな」

神野さんがチラッと、ダイニングテーブルで新聞を読んでいる井筒さんに視線を送る。その視線に気づいた井筒さんはハッ、と言って苦笑した。

「お気遣いどうも。しかし結婚式は二人で厳《おごそ》かに行《おこな》うとしても、披露宴《ひろうえん》は避けられませんよ。なんせ先日、公開プロポーズしてしまいましたからね。あの場にいたご友人方から、結婚式と披露宴《ひろうえん》はいつだと、すでに問い合わせをいただいていますし」

井筒さんの言葉に、神野さんは大きく頷いた。

「もちろん分かってるさ。披露宴《ひろうえん》は人数を絞って、ごくごく身内で行《おこな》えばいい。沙彩の事情については、事前に親族に話しておけば問題ない。友人たちは……そうだな、披露宴《ひろうえん》とは別にパーティーを催《もよお》せばいいんじゃないか」

――神野さん、私のためにいろいろ考えてくれてるんだ……

「あの、ありがとうございます。そこまで考えてくれてるなんて思わなかったので、凄く嬉しいです」

嬉しさを噛みしめ、神野さんにペコッと頭を下げた。すると神野さんの眉が、片側だけひゅっと上がる。

「感謝の言葉は嬉しいが、できることなら態度で示してもらいたいな」

「態度……ですか？」

神野さんはニヤッと意味ありげに微笑むと、私に掌《てのひら》を差し出しくいっと手招きする。

「おいで」

「……っ！」

その言葉がなにを意味しているのかすぐ分かった私は、照れながら即座に井筒さんへ視線を送る。

すると井筒さんは、「はいはい」と全てを悟った様子で、ダイニングの椅子から立ち上がった。

「あとはお二人でごゆっくりどうぞ。では、おやすみなさい」

読んでいた新聞を手に、井筒さんはダイニングから出て行った。

神野さんと二人きりになり改めて彼を見ると、ニヤニヤしながら私が動くのを待っている。

「もう……井筒さんに気を遣わせちゃったじゃないですか」

文句を言いながら席を立って神野さんに近づく。彼は私の両手を取り、大きな手で包み込んだ。

「……あいつはああ見えて、俺とお前が一緒になるのを随分早くから望んでいたんだ。俺たちが仲《なか》睦《むつ》まじくしているのを、内心ではほっとして見ているんじゃないか」

「そうなんですか？　井筒さんはなんで、私を神野さんの相手として認めてくれたんでしょう……？」

私の疑問を、神野さんがフッと鼻で笑い飛ばす。

「井筒は俺の好みを知ってるからな。それに、お前が作る玉子焼きが好きだと言っていた」

「本当ですか？　嬉しいけど、それだけで認めてもらえたとは思えないんだけどな……」

「沙彩、ここに来い」

神野さんに誘われるまま、私は彼の太腿を跨《また》いで向かい合わせに座る。私の腰に添えられた手が、ゆっくりと背中を撫で上げていった。

「今日は一日なにをしていたんだ？」

神野さんが優しく微笑みながら、私に尋ねる。

「ええと……午前中は家事をして、お昼は近所のスーパーへ食料品の買い出しに行きました。ちょうどタイムセールをしていたので、かなりお得な買い物ができました」

「そうか」

こんなこと話してもきっとつまらないだろうな……と思ったのに、神野さんは楽しそうに私の話を聞いてくれている。彼のこういうところ、凄く素敵だと思う。

それに私の話を聞いてくれる時の、神野さんの優しい笑顔が好きだ。

「神野さん……」

「ん？」

「好きです」

私の唐突な告白に、神野さんが真顔になった。そしてすぐにハハッと声を出して笑った。

「お前……本当に俺の扱いが上手《うま》くなったな。俺を喜ばせてどうするつもりだ？」

「えええ……そんなつもりでは……」

改めて言われると自分でも恥ずかしくなって、私は視線を泳がせる。

「無自覚か？　それは尚更タチが悪いな」

まだクスクス笑う神野さんの手が、私のシャツをスカートから引き抜いた。その手が服の裾から私の肌を伝い、胸の膨らみの上に重なった。

「あの、神野さん、手が」

「気にするな」

神野さんの手が、私の胸を持ち上げながら優しく包む。そのままゆっくりと揉み始めた。

「そ、そんなの無理ですっ……んっ……」

彼の長くて骨張った指に、ブラジャーの上から胸の先端を優しく撫でられ、ビクンと腰が揺れてしまう。

私の反応に、神野さんは嬉しそうに頬を緩《ゆる》ませた。

「ふっ……可愛いな、沙彩」

ご機嫌な様子の神野さんの手が、ブラジャーの下に滑り込んだ。すぐに先端をキュッとつまれて「あっ！」と声を上げてしまった。

「や、だめですっ……！　こ、んなところで……」

親指と人差し指で先端を擦り合わされるたびに、ぴりっとした快感がお腹の奥に伝わって、体が熱くなってくる。

「俺とお前しかいないのに？」

可笑《おか》しそうに彼が尋ねてくる。

それはそうなのだが、煌々《こうこう》と照明に照らされている広いリビングでは、ちょっと気恥ずかしい。

「そうですけど……でも、ここじゃちょっと恥ずかしいっていうか……」

「ここじゃなければいいのか？」

はっきり言われて、私は目を泳がせながらこくんと小さく頷く。すると満足そうな顔で、神野さんが私の服の中から手を引き抜いた。

「分かった。じゃあ、部屋に行こう」

「は、はい」

私が慌てて神野さんの上からどくと、彼は私の手を取り歩き出す。……かと思ったら、神野さんがまた可笑《おか》しそうに笑い出した。

「ここじゃなければ好きにしていい、だなんてお前も言うようになったな」

「そっ、そんなこと言ってません！　もうっ、神野さんったら！」

ムッとしながら前を行く神野さんの背中を軽く叩いたが、神野さんは二階の部屋に入るまで、ずっと楽しそうに笑っていた。

だけど部屋に入ってベッドに移動した途端、神野さんの雰囲気はいきなり『甘い』に切り替わり、私はそれに面食らいながら、彼に身を任せた。

その後激しく抱かれて私がくたくたになって眠るまで、ずっと神野さんは甘く私を翻弄《ほんろう》し続けたのだった。

神野さんが持ってきてくれたカタログを一通り見たものの、はっきり言って式場はどこにしていいか分からないので彼に任せることにした。その代わり、ドレスと新婚旅行は私が決めることとなり、暇さえあればカタログを眺めている。

だけどドレスはいろんなタイプがある上に、どれもみんな素敵で一つのものに絞るのは至難の業《わざ》だ。

――うーん、目移りするな……

「これじゃ、決まるまで相当時間かかりそうです……」

夕食後、神野さんは本を読み、井筒さんは新聞を読み、各々《おのおの》の時間を過ごしている最中、私はダイニングテーブルで大量のカタログを前に途方に暮れた声を出す。

するとソファーに腰掛けて本を読んでいた神野さんがふと顔を上げた。

「沙彩は細身でスタイルがいいから、なんでも着こなせるだろう?」

「そんなことはないですけど……でも、ウエディングドレスって子供の頃から憧れてたので、やっぱり自分が一番気に入ったものがいいな、なんて……」

「悩むくらいなら二着でも、三着でも選んだらどうだ」

「え、二着でも、三着でも、ですか……?」

――あ、そうか、いくつか選んでおいて、最終的に一着に絞ればいいってことかな。

神野さんの提案を受け入れ、どうにか三着のドレスを選ぶことができた。

一着は正統派の、肌の露出が少ないAラインのドレス。もう一着は体のラインを強調したマーメイドラインのドレス。最後の一着はスカートにボリュームがあるプリンセスラインのドレスだ。

「よし、最終候補三着絞りました。この中から一着決めればいいですよね」

ふーっ、と一息ついていると、神野さんがソファーから立ち上がってこっちに歩いてきた。そして私が選んだドレスのカタログを手に取る。

「これか」

「あ、ちょっと待ってください。少し休憩したら、すぐどれにするか決めますので」

「それは必要ない」

「へ？」

神野さんが言っていることの意味が理解できなくて、眉根を寄せて聞き返す。

「この三着のドレスを全て作ればいいだろう？　すぐにデザイナーに連絡だ、井筒」

「……本気ですか？」

さすがの井筒さんも新聞を読む手を止め、ギョッとしている。

彼らのやりとりを聞いていた私は、一瞬自分の耳を疑った。

――……作る……？

私が考えを巡《めぐ》らせているうちに、神野さんが当たり前のようにカタログを井筒さんに手渡したので、私は制止するため慌てて立ち上がった。

「ちょ……ちょちょ、待って、待って!!　今、作るって……」

「そうだが。なにを慌てているんだ？」

「私、てっきりレンタルだと思い込んでたんですが！」

すると、神野さんの眉間に皺《しわ》が刻まれる。

「なにを言っている？　好きな女のウエディングドレスくらい、何着だって作ってやるさ」

ヒエッ……ここに来て、また神野さんのお金持ち的思考が！

「そ、それは嬉しいんですけど！　でも三着なんて着る機会がないですし、もったいないのでいいですっ！」

私は両手を振って必死で拒否をする。だけどそれが神野さんは気にくわないらしい。

「お前……俺の妻になったんだから、その庶民感覚をもう少しどうにかしろ」

「いやいや、この庶民感覚は体に染みこんでるので、そう簡単に直りません！」

「沙彩、お前な……」

「はい、そこまで！」

パンパン！　と手を叩きながら井筒さんが仲裁に入った。

「沙彩さん、さすがに神野家の花嫁のウエディングドレスが、レンタルなどありえません。それと神野。三着は多い。ウエディングドレスのオーダーは一着にして、あとはカクテルドレスをオーダーしてはどうですか？」

私と神野さんを交互に見ながら、井筒さんがぴしゃりと言い放つ。そう言われてしまうと、ぐうの音《ね》も出ない。神野さんは口を引き結んで黙り込み、私はそれもそうかと肩の力を抜く。

ようやく気持ちを落ち着けた神野さんが、私を見た。

「だ、そうだ。沙彩、異論は？」

「ありません……」

鶴の一声ならぬ井筒さんの一声で、とりあえずこの場は収まった。


その夜、入浴を終えて寝室に移動すると、神野さんがベッドの上でドレスのカタログを見ていた。

「しかし、悩む沙彩の気持ちも分かるな。こんなにいろいろあると、どれがいいのかさっぱり分からん」

私はベッドの端に腰を下ろし、神野さんの手元を覗《のぞ》き込んだ。

「でしょう？　どれも素敵なので選べないんですよ。それより神野さんの服は選ばなくていいんですか？」

「俺はなんだっていい。それより……お前、いつまで神野さんと呼ぶつもりだ。夫婦なんだから、そろそろ俺のことは名前で呼べ」

「あっ……」

彼に指摘され、私は思わず視線を彷徨《さまよ》わせた。

——気づいてはいたんだけど、なんか恥ずかしくって……

入籍した日から、いつどのタイミングで神野さんから征一郎さんに呼び方を変えようか悩んでたんだけど、ついにこの時がやってきたか。

「わ、分かりました。じゃ、今から征一郎さんって呼びます」

「呼んでみろ」

「せ……征一郎さん……？」

少し上目遣いでおずおずと名前を呼ぶと、彼が手にしていたカタログを閉じ、ベッドサイドのテーブルに置いた。そして私をベッドに引き上げ、覆《おお》い被さってくる。

「きゃあっ！」

「お前……可愛いな」

そう言いながら、征一郎さんが私の首筋にちゅうっと吸い付いた。

「んっ、せいいちろ、さんっ」

何度も何度も首筋を吸い上げる彼の唇の感触が、ちょっとだけくすぐったい。私が体を捩《よじ》ってくすぐったさに耐えていると、私の耳に唇をくっつけて彼が囁《ささや》いた。

「お前は？　俺になにかして欲しいことはないのか」

「ひゃっ……し、してほしいこと……？」

私は彼の低音ボイスにビクンと腰を揺らす。征一郎さんの低い美声は腰にくるのだ。しかし改めてそう言われても、なかなかこれといって思い浮かばない。

――して欲しいこと、か。

考えた末、一つ思いついた。

「なんでもいいぞ。欲しい物でも、行きたいところでも」

私の髪を撫でながら征一郎さんが尋ねてくる。

今の私は特にこれといって欲しい物もなければ、行きたいところもない。

そう、してほしいことはたった一つ……

こんなことを言ったら彼を困らせてしまうかな、と思ったけど、勇気を出して言ってみた。

「じゃあ、たまにでいいので『愛してる』って言ってもらえませんか……？」

自分で言ってても恥ずかしい。でも、今の私が望むのはこれだけだ。

――また、あの甘い声で愛してるって言って欲しい……

私がそう言うと、神野さんは綺麗な目を軽く見開いてちょっと驚いたようだった。

そのうち私は征一郎さんを直視できなくなって、彼から視線を逸《そ》らす。

だけど彼の反応は、意外とあっさりしていた。

「なんだ、そんなことでいいのか」

「え……いいんですか……？」

もっとなにか言われるかと思っていたのに、すんなり受け入れられたので私は肩透かしを食らう。

征一郎さんはフッと笑って、私の体に腕を回した。

「沙彩……愛してる」

彼は優しい声音《こわね》で囁《ささや》くと、回した腕に力を込めて、ぎゅっと抱き締めてくれた。

――もう、幸せすぎる……

「私も、愛してます……征一郎さん……」

幸せな気持ちに包まれ、私も彼の首に腕を回してしっかりと抱き合った。

後日、披露宴《ひろうえん》には着物を着る、という選択肢もあることに気がついた征一郎さんによって、今度は色打ち掛け選びというミッションが追加されることになるのだが、この時の私は知る由《よし》もなかったのだった。

年齢＝彼氏ナシを更新中の未散《みちる》、26歳。ある日彼女は、酔ったはずみで、社内一のモテ男・笹森《ささもり》に、いまだに男性経験がないことを嘆いてしまう。すると彼が「それなら俺で試してみる?」と誘ってきた! おまけに、そのまま彼と付き合うことになったけれど、この関係は、会社では絶対秘密だと口止めされて!?

B6判 定価:640円＋税 ISBN 978-4-434-23760-7

〜大人のための恋愛小説レーベル〜

ETERNITY エタニティブックス

ETERNITY Rouge エタニティブックス

下着の中は進入禁止っ!!
デビルな社長と密着24時

エタニティブックス・赤

七福《しちふく》さゆり

装丁イラスト／一味ゆづる

アニメやゲームキャラのコスプレが趣味の一《いち》花《か》。彼女は、有名アパレル会社の社長兼デザイナーに見初められ（?）、期間限定の契約同居をすることに。普段はイジワルな彼だけれど、仕事に打ち込む真剣な眼差しと男らしい包容力、巧みな指先に、いつしか心がときめいて——!? ヲタク女子とドＳ社長の過激で甘い契約同居生活。

※エタニティブックスは大人の女性のための恋愛小説レーベルです。ロゴマークの色で性描写の有無を判断することができます（赤・一定以上の性描写あり、ロゼ・性描写あり、白・性描写なし）。

詳しくは公式サイトにてご確認ください。
http://www.eternity-books.com/

携帯サイトはこちらから！

加地アヤメ（かじ あやめ）
2014年よりwebサイトにて恋愛小説を公開。「誘惑トップ・シークレット」で出版デビューに至る。どんなに忙しくても最低6時間は寝る。本と旬のフルーツがあれば幸せ。

イラスト：駒城ミチヲ

好《す》きだと言《い》って、ご主人様《しゅじんさま》

加地アヤメ（かじ あやめ）

2017年11月30日初版発行

編集－本山由美・宮田可南子
編集長－塙綾子
発行者－梶本雄介
発行所－株式会社アルファポリス
〒150-6005東京都渋谷区恵比寿4-20-3 恵比寿ｶﾞｰﾃﾞﾝﾌﾟﾚｲｽﾀﾜｰ5階
TEL 03-6277-1601（営業） 03-6277-1602（編集）
URL http://www.alphapolis.co.jp/
発売元－株式会社星雲社
〒112-0005東京都文京区水道1-3-30
TEL 03-3868-3275
装丁イラスト－駒城ミチヲ
装丁デザイン－ansyyqdesign
印刷－大日本印刷株式会社

価格はカバーに表示されてあります。
落丁乱丁の場合はアルファポリスまでご連絡ください。
送料は小社負担でお取り替えします。

ISBN978-4-434-24003-4 C0093